# RÊVES D'HIVER

## Avis aux lecteurs

Vous êtes nombreux à nous écrire
et nous vous en remercions.
Pour être sûrs que votre courrier arrive,
adressez votre correspondance à :

**Bayard Éditions**
**Collection Passion de lire**
**3 / 5, rue Bayard**
**75008 Paris.**

**Et bravo pour votre Passion de lire !**

ILLUSTRATION DE COUVERTURE
JERRY FAYARD
D'APRÈS UNE PHOTO DE
CLAUDINE DOURY, AGENCE VU

Cœur Grenadine

# RÊVES D'HIVER

**BARBARA CONKLIN**

TRADUIT DE L'AMÉRICAIN
PAR MARIE-HÉLÈNE DEVAL

**PASSION DE LIRE**
BAYARD POCHE

Titre original
SWEET DREAMS® n° 141
*Winter Dreams*



Loi n° 49 956 du 16 juillet 1949
sur les publications destinées à la jeunesse
Dépôt légal octobre 1997

ISBN : 2 227 72994 5

## *Chapitre 1*

– Elle est à nous ! Je n'arrive pas à y croire, s'écria Hélène, ma belle-mère, tandis que papa arrêtait la voiture devant notre nouvelle demeure.
– Je n'arrive toujours pas à y croire non plus, grommelai-je.
Grand-mère, assise à côté de moi, me secoua gentiment :
– Ça va aller, Anna. Tu te sentiras mieux dès que tu seras dehors.
Elle croyait que j'avais mal au cœur, ce qui n'aurait rien eu d'étonnant après une heure et demie

de voyage sur les routes en lacet qui menaient à la ville de Montagne Bleue. Mais l'espèce de nausée qui me tordait l'estomac n'avait rien à voir avec le mal des transports. Elle était causée par cette affreuse certitude : la bâtisse de trois étages dressée devant moi était ce que je devrais appeler désormais ma maison.

– Et maintenant, voilà le meilleur moment ! annonça joyeusement papa en coupant le contact.

– Vider des caisses et défaire des paquets, c'est ça que tu appelles le meilleur moment ? plaisanta grand-mère.

– Je ne parle pas de caisses, Maman, répliqua mon père. Le meilleur moment, ça va être de tout préparer pour l'ouverture !

Ah ! l'ouverture ! Car cette grande bâtisse n'était pas une maison ordinaire. Elle serait bientôt connue de tous les randonneurs sous le nom de l'Auberge du Saule, « chambres d'hôte ». Dans la famille, on l'appelait tout simplement « le rêve d'Hélène ».

Depuis que je connaissais Hélène – et j'avais sept ans le jour où papa l'avait amenée à la maison pour la première fois –, son rêve était de posséder un jour une de ces grandes demeures confortables à la campagne où les gens viennent le week-end oublier le stress de la ville. Il ne se passait pas

un samedi sans qu'Hélène traînât papa d'agence en agence pour dénicher l'auberge de ses rêves. La montagne lui paraissait la région idéale, mais elle n'avait disposé de l'argent nécessaire à cet achat que récemment, quand sa mère, en mourant, lui avait laissé un héritage important.
Et voilà comment le rêve d'Hélène devenu réalité m'avait transportée jusqu'ici, par un beau mois d'été. Le rêve d'Hélène m'avait obligée à quitter ma maison, mes amis, mon école, toutes mes habitudes, et même mon premier job. Mais ça, personne n'avait l'air de s'en soucier.
Ils ne semblaient rien remarquer de ma mauvaise humeur.
Jusqu'à présent, mon père travaillait dans les assurances. Mais peu à peu, le rêve d'Hélène était devenu aussi le sien. Quand ils avaient trouvé cette maison, papa n'avait pas hésité une seconde à quitter son travail, et il ne parlait plus que de la façon dont il allait arranger et meubler l'auberge. Grand-mère, à son tour, s'était laissé prendre au jeu dès qu'on lui avait assuré qu'elle ferait la cuisine pour les hôtes.
Je n'avais donc plus personne vers qui me tourner. Susan Keller, ma meilleure amie, avait organisé une fête pour mon départ. Mais cela n'avait fait qu'augmenter ma tristesse.

Je déteste les adieux, et je sentais combien Rutherford allait me manquer.
Le voyage m'avait profondément déprimée. Et la traversée de la petite ville de Montagne Bleue n'arrangea rien : une épicerie-bazar, un garage, un restaurant, une boutique de matériel de camping et un malheureux self, c'était tout. Pas de supermarché, pas de cinéma, pas de boutiques, et presque personne dans les rues.
Hélène posa sa main sur mon bras, me ramenant à la réalité :
– Viens, Anna, j'ai hâte de te montrer ta chambre. Je suis sûre qu'elle va te plaire !
Je me forçai à sourire et sortis de la voiture. L'air frais me fit du bien.
– Alors, la voilà, dis-je, contemplant la haute maison de style victorien.
Elle était perchée au sommet d'une colline et la vallée, en bas, avec ses prés verts, ses bois de pins et de séquoias, ressemblait à un vaste patchwork. La maison était belle, mais je n'étais pas encore prête à l'admettre.
Hélène me prit par la main :
– Entrons, je vais te faire visiter.
– Et les caisses ? dis-je, désignant la remorque.
– Je vais m'en occuper, m'assura papa avec un sourire. Va plutôt voir ta chambre.

Ma chambre ! Rien ne pourrait remplacer mon ancienne chambre. Les murs étaient encore tapissés du papier à fleurs que maman avait choisi pour moi, peu de temps avant sa mort. Ce n'était pas une grande chambre, mais c'était la mienne. J'avais accroché partout des affiches et des photos de mode découpées dans des magazines. C'était ma passion, je voulais devenir styliste.

Hélène me fit traverser la vaste entrée recouverte de boiseries et une gigantesque cuisine d'où partait un escalier de bois.

– Ta chambre est au deuxième étage, dit Hélène. On a pensé qu'elle te plairait parce qu'elle est assez grande pour que tu puisses y recevoir tes amis.

Mes amis ? Quels amis ? Il ne devait pas y avoir beaucoup de jeunes de mon âge à Montagne Bleue !

Tandis que nous montions, ma belle-mère reprit :

– Comme tu le sais, on a acheté la maison avec ses meubles. Mais si la décoration ne te plaît pas, on réaménagera ta chambre à ton goût.

Arrivée sur le palier, je jetais un premier coup d'œil par la porte ouverte. C'était dur de l'admettre, mais ma nouvelle chambre était belle. Il y avait un lit à baldaquin, et des chaises tapissées de bleu et blanc. Les rideaux qui encadraient les deux grandes fenêtres en arc de cercle étaient faits du même tissu. Un épais tapis recouvrait le sombre plancher de bois ciré. J'avais l'impression d'entrer dans une pièce meublée par un décorateur.

Je n'avais pas fait la moindre réflexion, mais mon regard émerveillé m'avait trahie.

– Et tu n'as pas encore tout vu ! s'écria Hélène, enthousiaste, en ouvrant une porte, à l'autre bout de la pièce.

C'était une salle de bains toute carrelée de blanc. Une baignoire ancienne aux drôles de pieds en forme de pattes de lion trônait contre un mur. À côté, un vaste placard peint en blanc contenait plus d'étagères qu'il ne m'en faudrait jamais pour ranger mes produits de maquillage. Une frise de carreaux fleuris courait le long de la plinthe et autour de la fenêtre. Tout cet espace pour moi ! Je n'arrivais pas à y croire.

– C'est grand ! murmurai-je en m'asseyant sur la courtepointe matelassée qui recouvrait le lit.

– Alors, ça te plaît ?

Hélène s'assit près de moi, passant un bras autour de mes épaules.

Instinctivement, je me raidis. Je savais combien cet endroit comptait pour elle et j'aurais aimé

lui faire plaisir. Mais cette chambre, si belle fût-elle, avait quelque chose de trop parfait. Ce n'était pas MA chambre.
– Bon, dis-je en me levant un peu trop brusquement, on ferait mieux d'aller aider papa à vider les cartons.
– Tu as raison, dit-elle doucement. Nous avons de quoi nous occuper.
Elle me suivit dans l'escalier, mais je savais bien que je l'avais blessée.
Nous rejoignîmes papa et grand-mère dans ce qui serait bientôt la salle à manger. Ils étaient déjà en train de vider les caisses déposées la veille par les déménageurs. En nous entendant arriver, papa leva la tête :
– Alors, chaton, ta première impression ?
Il avait des yeux brillants d'excitation, et je ne me sentis pas le cœur de le décevoir.
– C'est super, papa, dis-je sans conviction.
Mais il était trop occupé pour remarquer ma réticence.
– Hélène, dit-il, as-tu vu mon cutter ? Je croyais l'avoir rangé dans la boîte à outils.
– Il y était, répondit Hélène, mais je m'en suis servie et je ne sais plus où je l'ai posé.
Elle parcourut la pièce d'un regard perplexe :
– Et avec ce bazar, on va mettre des mois à le

retrouver ! Je ferais mieux d'aller en acheter un autre. J'irai à ce magasin qu'on a vu en passant, ils ont l'air de vendre de tout.
– Bonne idée, dit papa en replongeant la tête dans un carton. Emmène Anna, qu'elle découvre un peu les lieux.
Deux minutes plus tard, nous étions de nouveau dans la voiture.
Hélène ne fit aucune allusion à ma chambre. Elle m'expliqua, comme si ce n'était pas une évidence, que Montagne Bleue était une très petite ville qui ne vivait que grâce au tourisme.
– Pourvu que la neige tombe tôt cette année, dit-elle comme nous passions devant les pistes de ski. L'hiver sera notre meilleure saison.
Je hochai la tête sans répondre tandis qu'elle continuait son monologue :
– Ton père et moi allons être très occupés, ces jours-ci, à préparer l'ouverture. Nous ne passerons pas beaucoup de temps avec toi, Anna, j'espère que tu ne nous en voudras pas.
– Mais non, ne t'inquiète pas.
– La rentrée n'est que dans quatre semaines, ça te laisse du temps pour commencer à te faire des amis ici.
– Quels amis ? répliquai-je. Il n'y a personne, dans ce bled.

– Voyons, Anna, des tas de gens habitent dans les environs !
– Ah oui ? Et je ferai comment, moi, pour les rencontrer ?
Hélène fronça les sourcils :
– Je sais que c'est dur pour toi, Anna. Mais tu es tellement sociable ! Tu n'auras aucun mal à te faire des amis, tu verras.
Je ne répondis pas.
On entrait sur le parking du magasin, et je ne voyais autour de moi aucune raison d'espérer quoi que ce soit. Deux gamins à bicyclette tournaient en rond, un couple de randonneurs se dirigeait vers la montagne et quelques caravanes étaient garées sur le parking. C'était un magnifique après-midi d'été, et nulle part on n'apercevait l'ombre d'un jeune de mon âge.
Derrière le comptoir, une femme rondelette, à peine plus âgée qu'Hélène, nous accueillit avec un sourire :
– Bonjour. Que puis-je faire pour vous ?
– Je voudrais un cutter, dit Hélène. Je suis Mme Willow, et voici ma fille Anna. Nous sommes les nouveaux propriétaires de la maison Turner.
J'ai toujours détesté qu'elle me présente comme sa fille, mais je n'étais pas d'humeur à protester ce jour-là.

La femme derrière le comptoir parut prodigieusement intéressée :
– Bienvenue à Montagne Bleue, dit-elle. Je m'appelle Emma Cartwright et je suis ravie d'avoir de nouveaux voisins ! Alors c'est un cutter qu'il vous faut, hein ? Attendez une minute.
Elle disparut derrière de hautes étagères, et je me demandai comment elle pouvait retrouver quoi que ce soit dans un fouillis pareil. Boîtes de conserve, journaux et packs de lait voisinaient avec du matériel de pêche, des ampoules électriques, des bottes et des pull-overs.
Cependant, une minute plus tard, Mme Cartwright réapparut tenant à la main le cutter demandé et un pot de confiture.
– C'est de la confiture maison, dit-elle en tendant le pot à Hélène. Je la fais moi-même. Ce sera mon petit cadeau de bienvenue !
– Mais c'est merveilleux, s'écria Hélène comme si elle venait de gagner à la loterie. Exactement ce qu'il me faut ! Nous allons proposer des chambres d'hôtes, figurez-vous !
Mme Cartwright s'accouda à son comptoir, visiblement intéressée :
– Quelle bonne nouvelle ! Cela va attirer les visiteurs dans nos belles montagnes ! Et comment allez-vous appeler votre maison ?

– L'Auberge du Saule, expliqua Hélène, puisqu'il y en a un magnifique dans le jardin !
– Mais oui, je m'en souviens, enchaîna Mme Cartwright. D'ailleurs, cet arbre…
Je me désintéressai de la conversation et me mis à contempler les marchandises entassées sur les étagères.
Une porte s'ouvrit alors au fond de la boutique. Je me retournai et découvris un garçon qui devait avoir dans les dix-huit ans. Il s'avança vers moi et j'observais son visage aux traits réguliers, ses épais cheveux noirs qui retombèrent devant ses yeux tandis qu'il se penchait pour déposer un carton sur le sol.
Sortant un canif de sa poche, il ouvrit le carton et se mit à ranger des boîtes de concentré de tomates. Il les alignait méticuleusement sans jeter le moindre regard dans ma direction.
Hélène avait payé son achat, et Mme Cartwright s'avança vers le garçon.
– Je vous présente mon fils, dit-elle. Michael, voici Mme Willow et sa fille Anna.
Elle lui toucha le bras et il leva vaguement les yeux en faisant un petit signe de tête. Puis il ramassa le carton vide et sortit comme il était entré, sans un regard pour moi.
« Encore un de ces garçons qui se prennent pour

des dieux de l'Olympe, pensai-je, et qui ne daignent pas jeter un regard vers les humbles mortelles dans mon genre ! »

De retour à la maison, j'étais encore plus déprimée qu'à notre arrivée. Je savais déjà que je n'avais rien à espérer du seul garçon que j'avais rencontré à Montagne Bleue.

## *Chapitre 2*

Les trilles de mon canari m'éveillèrent le lendemain matin, comme d'habitude, et pendant un bref instant je crus être dans mon ancienne chambre. Mais à peine avais-je ouvert les yeux que l'illusion s'effaça.

J'enfilai un short et un T-shirt et descendis à la cuisine. Les bons petits déjeuners de grand-mère avaient toujours eu le don de me remonter le moral.

Elle était déjà aux fourneaux et des crêpes rissolaient dans la poêle.

– Belle journée, hein, Anna ! remarqua-t-elle.
Et elle se remit à fredonner, pas plus affectée par ce déménagement que mon canari.
Sans doute était-ce cette cuisine qui la mettait de bonne humeur : une grande pièce claire équipée de deux éviers, d'un gigantesque réfrigérateur et d'une impressionnante rangée d'ustensiles en tout genre. Un carton d'œufs attendait près du mixer. Grand-mère s'apprêtait sûrement à se lancer dans la pâtisserie.
– Où est le lait ? demandai-je, surprise de ne pas en trouver au frigo.
– J'ai utilisé ce qui restait pour la pâte à crêpes, répondit-elle.
« Génial », pensai-je.
La journée commençait mal.
– Où sont Hélène et papa ?
– Ton père est au sous-sol, il installe son atelier. Hélène range le salon.
Elle me jeta un regard préoccupé :
– On est aussi à court de café, de jus de fruits et de tas d'autres choses. Si je te fais une liste, tu pourrais aller jusqu'à l'épicerie ? Ça t'occupera.
Je n'avais guère envie de retourner à l'épicerie, mais j'acquiesçai.
Se versant une tasse de thé, grand-mère soupira de contentement :

– J’ai toujours rêvé d’une cuisine comme celle-là !
– Pourquoi ? Elle n’était pas bien, notre ancienne cuisine ?
Je n’avais pu empêcher ma voix de grimper dans les aigus.
Elle me regarda avec un sourire :
– Je sais que tu regrettes ta maison, Anna. Mais tu vas te plaire, ici, tu verras !
C’était exactement le genre de réflexion que je ne pouvais supporter. J’avalai en vitesse ma dernière crêpe et me levai :
– Bon, j’y vais.
Je pris la liste et le porte-monnaie, sortis ma bicyclette du garage et descendis la route.
Je voulus freiner en arrivant sur le parking, mais le gravier me fit déraper et je ne vis pas la personne qui surgissait sur ma gauche.
La collision me projeta à terre. Mon genou droit prit rudement contact avec le sol tandis que ma bicyclette heurtait douloureusement ma cheville.
Je me relevai, secouant mes mains égratignées.
Du sang coulait le long de ma jambe.
– On regarde devant soi quand on roule à vélo ! lança une voix furieuse.
Je me retournai. C’était Michael.
– On regarde devant soi aussi quand on marche ! protestai-je.

Mécontente, je contemplais mon short qui s'ornait maintenant de vilaines traînées grises.
– Regarde ce que tu as fait, grommelai-je.
Il passa ses mains dans ses cheveux avec une mine quelque peu contrite.
– Je... je suis désolé, je ne t'avais pas entendue approcher.
Je m'apprêtais à lancer une remarque désagréable quand je réalisai brusquement la vérité :
– Mais… tu es aveugle !
– C'est seulement maintenant que tu le remarques ? Qui es-tu ?
– Je m'appelle Anna, Anna Willow. Je suis venue hier avec ma belle-mère. Nous sommes de Rutheford, c'est en bas, dans la vallée. Nous allons ouvrir une auberge ici.
Je parlais trop vite et trop fort, pour dissimuler mon embarras.
– D'habitude, j'entends les gens approcher, dit-il. J'espère que tu ne t'es pas fait mal ?
– Ce n'est rien, le rassurai-je. C'est ma faute, j'aurais dû faire attention.
Il eut un rire sans gaieté :
– Quelquefois, je me dis que je devrais me promener avec un écriteau : « Attention, passage d'aveugle ! » Ce n'est pas la première fois que je percute quelqu'un.

Je n'avais jamais rencontré d'aveugle, et je ne savais pas quoi dire. Je bégayai :
– Bon, eh bien, j'y vais…
– Tu ne venais pas chercher quelque chose au magasin ?
– Oh si, repris-je, plus embarrassée que jamais. Du café, du lait…
Comme je montais les marches du perron, Mme Cartwright parut sur le seuil de sa boutique :
– Quelque chose ne va pas, Michael ?
Remarquant mon genou écorché, elle s'écria :
– Mais tu es blessée ! Qu'est-ce qu'il s'est passé ?
– Oh, rien. Une rencontre amicale ! railla Michael avec tant de sarcasme dans la voix que j'aurais voulu disparaître sous terre.
– Michael, dit-elle, remplace-moi une minute au magasin, le temps que je m'occupe de cette demoiselle !
Avant que j'aie eu le temps de protester, Mme Cartwright m'avait entraînée dans l'arrière-boutique, et m'avait fait asseoir sur un vieux fauteuil à bascule. Elle tamponnait mes écorchures avec un antiseptique et ornait mon genou d'un large sparadrap. Je me sentais comme une gamine de la maternelle.
– Voilà, fit-elle, satisfaite. Maintenant, va faire tes achats.

Je retournai dans la boutique. Michael rangeait un bocal sur une étagère.
– Tu sais où est chaque article ? m'étonnai-je.
– C'est normal, dit-il. J'ai passé toute ma vie dans cette boutique.
– Avec ta mère ?
– Oui. Mon père est mort quand j'étais petit.
– C'est vrai ? Moi, ma mère est morte quand j'avais six ans.
C'était étrange d'avoir pour point commun le décès de l'un de nos parents. Mais cela nous rapprochait un peu.
– C'est triste, dit-il.
– Hélène, la femme qui est venue ici hier avec moi, c'est ma belle-mère. C'est elle qui a voulu s'installer ici.
– Et toi, tu n'es pas emballée, on dirait !
Une ombre de sourire avait éclairé son visage.
– Je ne vois pas pourquoi je le serais !
– Tu n'aimes pas la montagne ?
– Il n'y a rien ici ! Là où j'habitais avant, il y avait des cinémas, des restaurants, des grands magasins, une plage. Ici, il n'y a que des arbres !
– Il y a aussi des gens, tu verras.
Je réalisai soudain que je n'avais pas encore fait mes achats alors que j'étais là depuis un bon quart d'heure.

Un groupe venait d'envahir le magasin, si bien que Michael et sa mère avaient fort à faire pour servir tout le monde. Je finis même par leur donner un coup de main.

Je ne quittais pas Michael des yeux. Son aisance me stupéfiait. Il servait ses clients en lançant des plaisanteries, appelant chacun par son nom. Je devais me rendre à l'évidence, malgré son handicap, je le trouvais terriblement attirant.

Quand il rendit un billet de cinq dollars à la place de un dollar et que le client lui fit gentiment remarquer son erreur, je compris que les choses n'étaient pas si faciles pour lui.

– Il y a tout de même des gens honnêtes, remarquai-je quand nous nous retrouvâmes de nouveau seuls.

– Anna ? Tu es encore là ?

– Oui, dis-je, un peu embarrassée. J'ai mes achats à faire, mais tu étais si occupé que…

– Que tu attends toujours !

Cette fois, il eut presque un vrai sourire.

– Qu'est-ce qu'il te faut ?

Je lui tendis machinalement la liste et la repris aussitôt.

– Ah, ce n'est pas écrit en braille ? ironisa-t-il.

Son masque d'amertume était retombé.

Mal à l'aise, je tentai de détendre l'atmosphère :

– Comment fais-tu pour rendre la monnaie ?
– Les pièces, dit-il, je les reconnais au toucher. Les billets, c'est plus difficile. Il m'arrive dc me tromper. D'habitude, c'est maman qui s'occupe de la caisse. Mais notre employée nous a quittés la semaine dernière, et nous sommes un peu bousculés. En été, on a presque autant de clients qu'en hiver, des campeurs, des randonneurs.
– Anna, demanda Mme Cartwright depuis l'arrière-boutique, tu trouves ce qu'il te faut ?
– Oui, Madame !
Je lus la liste à Michael, et en deux minutes il avait tout rassemblé. Je n'avais plus qu'à partir. Mais bizarrement, je n'en avais nulle envie. Je me sentais bien là.
Au moment de payer, il me vint une inspiration.
– Michael me dit que votre employée vous a quittés, dis-je à Mme Cartwright. Je pourrais peut-être la remplacer quelque temps ? Je cherchais justement un job d'été.
– C'est que…, dit-elle, hésitante, je souhaitais quelqu'un d'un peu plus âgé…
– J'ai déjà travaillé, vous savez ! Dans des colonies de vacances ! Et ici, je n'ai rien à faire jusqu'à la rentrée.
Et j'ajoutai :
– Vous me paierez le prix qui vous conviendra.

– Eh bien, Anna, c'est d'accord, décida-t-elle soudain avec un sourire. Tu commences lundi !
– Oh merci, merci, Madame ! Vous serez contente de moi, vous verrez !
C'était exactement le job dont j'avais besoin ! Cela me donnerait une bonne raison de fuir l'auberge, Hélène et l'excitation de l'aménagement. Je rencontrerais des gens, et surtout, je serais en compagnie de Michael !
Comme je sortais de la boutique, je remarquai une étrange expression sur son visage. Et je me dis avec une pointe d'angoisse qu'il ne semblait guère emballé par la décision de sa mère.

## *Chapitre 3*

Mes craintes se confirmèrent dès le lundi matin. Michael me salua à peine à mon arrivée et s'arrangea pour rester dans l'arrière-boutique une bonne partie de la matinée. C'est à peine si nous échangeâmes trois mots.

Ce jour-là cependant, je fis la connaissance de Sarah Santiago.

– Tiens, qui es-tu ? s'étonna-t-elle en me découvrant derrière le comptoir.

Elle était grande, et une longue tresse de cheveux noirs lui tombait jusqu'en bas du dos.

– Je m'appelle Anna. Mes parents viennent d'acheter l'ancienne maison Turner. Je travaille à la boutique jusqu'à la rentrée.
– Génial ! fit-elle. Qu'est-ce que tu fais à l'heure du déjeuner ?
Son sourire chaleureux me remonta le moral et j'acceptai aussitôt de la retrouver dans le petit self à côté.

Un quart d'heure plus tard, nous étions attablées autour d'une double salade au poulet et Sarah me racontait la vie à Montagne Bleue. J'appris qu'à la rentrée nous serions dans la même classe.
– Je suis drôlement contente que tu sois là, s'écria-t-elle. À la longue, c'est un peu ennuyeux de voir toujours les mêmes têtes ! Même si on ne se sent jamais isolé.
– Alors, tu connais bien Michael ? demandai-je.
Elle hocha la tête en contemplant son assiette :
– C'est si triste, pour lui !
– Qu'il soit aveugle ?
Elle hocha la tête de nouveau :
– Il avait tellement de projets !
– Tu veux dire qu'il n'a pas toujours été comme ça ?
– Oh non, soupira Sarah. Il a eu un accident en février dernier. Un chauffard complètement soûl a percuté sa voiture.

Je sentis mon cœur se serrer :
– Ça fait à peine six mois…
– Et le pire, continua Sarah, c'est qu'il ne quitte plus la boutique, maintenant. On a tout fait, pourtant, pour le décider à sortir. Mais il refuse obstinément.
– Il a peur, ça se comprend.
Sarah me lança un regard scrutateur :
– Toi, tu pourrais peut-être l'aider.
– Moi ? Comment ça ?
– Parce que tu es nouvelle ici. Tu es la seule personne qui ne puisse pas le comparer à ce qu'il était avant.

J'avais presque oublié la suggestion de Sarah quand deux garçons firent irruption dans la boutique le lendemain matin.
J'étais dissimulée derrière une étagère, occupée à ranger des boîtes de clous, aussi ne me virent-ils pas.
– Bonjour, Madame Cartwight. Où est Michael ? demanda l'un d'eux, un grand blond.
– Bonjour, Bob, bonjour, Tomi, répondit celle-ci. Il est au fond.
Je vis le dénommé Tomi s'approcher de Michael et le tirer joyeusement par le bras :
– Alors, l'ermite, ça va ?

Michael se contenta de hausser les épaules :
– Ça va.
– Tu as manqué quelque chose, hier, vieux ! déclara Bob.
Il baissa la voix, et je compris seulement les mots « soirée entre copains ».
– Tout le monde y était, s'écria Tomi. Même les jumelles Blin !
– Malheureusement, à minuit tapant, le père de Jill nous a tous fichus dehors !
– Ça ne m'étonne pas de lui ! s'écria Michael, soudain déridé. Il nous a déjà fait le coup l'automne dernier, vous vous souvenez ? Et on a tous fini la soirée chez Lisa…
Il s'interrompit brusquement et son sourire s'effaça. Les deux autres se taisaient, fixant le bout de leurs chaussures.
Finalement, Bob reprit :
– En tout cas, hier, c'était une sacrée bonne soirée. Tu aurais dû venir.
– Je ne pouvais pas, répliqua Michael d'un ton sec.
Et il se détourna.
– Et ce soir, continua Bob comme si de rien n'était, je fais une soirée à la maison. Sois là à huit heures.
– N'y compte pas.

– Pourquoi ? dit Tomi. Je passerai te prendre en voiture.
– Laissez-moi tranquille, grogna Michael.
– Mais il faut bien que tu sortes un peu ! s'emporta Tomi. Dans quelques semaines, c'est la rentrée. Comment feras-tu, alors ?
– Je ne retournerai pas au lycée, vous le savez très bien.
– Viens, Bob, soupira Tomi, découragé. Laissons-le, on perd notre temps.
– Tu as raison, mon pote. Si cette espèce de vieux corbeau rabougri veut passer le reste de ses jours au milieu des boîtes de soupe, ça le regarde !
Ils sortirent en lançant :
– Salut, vieux, à la prochaine !
Michael les laissa partir sans ajouter un mot. Sarah avait raison. Il avait rompu avec tous ses amis, et il en souffrait. « Peut-être que je pourrais l'aider », pensai-je.
Je fis alors une chose dont je ne me serais jamais crue capable. Je m'approchai et toquai contre le mur :
– Toc toc, c'est moi, dis-je.
Michael leva le nez de la caisse qu'il s'était remis à vider.
– Anna ?
– C'était qui, ces deux garçons ?

– Bob et Tomi ? Des copains.
– Et pourquoi tu ne me les as pas présentés ?
– Oh, je… je n'y ai pas pensé.
– Tu sais, dis-je en choisissant soigneusement mes mots, c'est un peu dur d'arriver dans un nouvel endroit et de n'y connaître personne. Je me sens vraiment très seule, étrangère, en quelque sorte.
Et j'ajoutai sur un ton de fausse indignation :
– Et quand enfin je découvre qu'il existe dans ce lieu perdu de charmants garçons de mon âge, tu ne penses même pas à me les présenter !
Michael grimaça un sourire :
– J'y penserai la prochaine fois, promis ! De toute façon, c'est bientôt la rentrée. Tu te feras des tas de copains.
– Je n'ai pas envie d'attendre la rentrée, protestai-je. C'est quoi, cette soirée dont ils parlaient ?
Cette fois, il éclata de rire :
– Toi alors, tu es une petite maligne ! Tu as raison, là-bas, tu rencontreras toute la bande du coin ! Je vais te donner l'adresse de Bob.
– Je n'oserai jamais y aller toute seule ! Tu ne voudrais pas m'accompagner, Michael ?
Je compris tout de suite que j'avais été trop loin. Son visage se ferma brusquement.
– Non, Anna, je n'irai pas.
– Mais pourquoi ?

– Pourquoi ? Ça ne te paraît pas évident ?
– Ce qui me paraît évident, c'est que tu as des copains qui t'aiment beaucoup et que tu leur manques. Et... ils te manquent aussi, osai-je ajouter.
– Occupe-toi de tes affaires et retourne à ton travail, répliqua-t-il sèchement.
– Mais, Michael, j'essaie seulement de t'aider…
– Personne ne peut m'aider ! siffla-t-il. Ni Bob, ni Tomi, ni toi. Tu n'as pas la moindre idée de ce que c'est que d'être aveugle. Alors, s'il te plaît, Anna, garde tes beaux discours et fiche-moi la paix !
J'avais tout raté et j'étais effondrée. Maintenant, Michael ne voudrait sans doute même plus m'adresser la parole.
Les clients affluèrent à la boutique à ce moment-là. Et nous travaillâmes côte à côte le reste de la journée sans qu'il prononçât un seul mot.

Le lendemain matin, je retournai à la boutique avec appréhension. J'avais très mal dormi, tournant et retournant dans ma tête cette scène avec Michael.
Finalement, après le déjeuner, je décidai de ne pas supporter plus longtemps son silence. Comme d'habitude, il s'était réfugié dans l'arrière-bou-

tique et je pris mon courage à deux mains pour l'y rejoindre.

– Michael, dis-je, tu avais raison. Je n'avais pas le droit de te parler comme je l'ai fait hier, excuse-moi.

Il me tourna le dos sans un mot.

« Bon, me dis-je, j'ai fait ce que j'ai pu. S'il ne veut pas de mes excuses, c'est son problème. »

Et je fis demi-tour.

– Anna, attends, cria-t-il soudain. Reste une minute, tu veux ?

– Pourquoi ? répondis-je, au bord des larmes.

– Parce que c'est à moi de te faire des excuses. Je n'aurais pas dû te parler sur ce ton.

Il me tendit la main :

– On fait la paix ?

Je mis ma main dans la sienne et il la serra, me faisant frissonner.

– Je voudrais juste te demander… tu ne pourrais pas me faire visiter la ville ?

– Il n'y a pas grand-chose à visiter ! répliqua-t-il.

– Il y a tout de même bien d'autres endroits plus intéressants que cette boutique ? Des endroits où se promener ?

Il réfléchit un instant :

– Il y a… il y a l'étang.

– Un étang ? On pourrait peut-être y pique-niquer

à l'heure du déjeuner, un de ces jours ? Ou pêcher ? J'adore pêcher !

– Il n'y a pas de poissons dans l'étang. Seulement quelques canards. Enfin, je pense qu'il y en a toujours. Je n'ai pas… vu l'étang depuis un bon moment.

– Alors, tu m'y emmèneras ?

Il me sembla attendre sa réponse une éternité.

– D'accord, dit-il enfin. Je t'y emmènerai, à condition qu'il n'y ait personne.

Notre pique-nique eut lieu le mardi suivant. La matinée avait été très calme et Mme Cartwright nous assura qu'elle pouvait tenir le magasin toute seule. En réalité, elle était si heureuse de voir enfin Michael se décider à sortir qu'elle nous aurait presque poussés dehors.

Le sentier qui menait à l'étang serpentait entre les arbres et les herbes folles. Je ne lâchais pas la main de Michael, écartant les branches basses qui auraient pu l'égratigner. Il avançait à pas prudents, comme un petit vieux, et cela m'attristait. Mais, en même temps, sentir sa main dans la mienne accélérait les battements de mon cœur.

Enfin une clairière s'ouvrit devant nous, toute piquetée de fleurs roses, jaunes, violettes. Au centre, l'étang scintillait au soleil et les canards glissaient sur ses eaux d'un bleu profond. C'était

vraiment un endroit ravissant. Je me demandais ce qui se passait dans la tête de Michael. Il avait dit à peine trois mots depuis notre départ.
– Il n'y a personne, dis-je. En dehors des canards.
Michael sourit. Je remarquai les gouttes de sueur qui perlaient sur son front. Pourtant, il faisait plutôt frais pour une journée d'août.
– Ça va ? m'inquiétai-je.
– Ça va, me rassura-t-il.
Mais je le savais, c'était la première fois depuis son accident qu'il s'aventurait loin de chez lui, et je me demandais ce qu'il pouvait bien ressentir, avançant ainsi dans l'obscurité complète, vers un lieu qui lui était autrefois si familier.
J'étendis notre couverture sur l'herbe épaisse et sortis le pique-nique du panier.
– Alors, dit-il en me tendant son assiette, il y a toujours des canards ?
– Oui. Et d'ailleurs, notre repas a l'air de les intéresser !
– C'est drôle, dit Michael. En les entendant, je revois leur plumage brun et blanc. Merci, Anna, de m'avoir amené ici, ajouta-t-il en souriant.
– C'est moi qui te remercie ! dit-elle. Je n'y serais jamais venue sans toi. C'est vraiment un endroit magnifique !
– Et tu verras, en hiver, quand l'étang est gelé

et que les patineurs y glissent à la place des canards ! Tu sais faire du patin ?
C'était la première question personnelle qu'il me posait.
– On avait une patinoire, à Rutheford. Je ne suis pas championne, mais je me débrouille. Et toi ?
– J'étais plutôt bon… avant.
Sa voix se brisa.
– Tu patineras encore, tu verras !
– Peut-être. Si l'opération réussit.
– L'opération ?
Il reposa son assiette :
– C'est vrai, tu n'es pas au courant. Je dois rencontrer un chirugien à Los Angeles le mois prochain. Il pense qu'une opération au laser pourrait peut-être réussir.
– Mais c'est génial !
– Oui, soupira-t-il. Enfin…
Il se tut, indécis, hésitant à m'en dire davantage.
– Le problème, c'est que… nous ne sommes pas riches, et l'opération coûte très cher.
Changeant brusquement de sujet, il demanda :
– Décris-moi ce que tu vois. Est-ce que les trois bouleaux sont toujours là ? Et les grandes herbes derrière les rochers ?
Il tourna soudain vers moi ses grands yeux noirs au regard vide :

– Oh, Anna, je donnerais n'importe quoi pour voir tout cela de nouveau !

Avant que j'aie pu faire un seul geste, il s'était levé et s'avançait vers l'étang, chancelant.

Je m'élançai derrière lui et lui pris le poignet :

– Michael…

Ses yeux étaient pleins de larmes, et je ne savais plus que dire ni que faire.

– Tu reverras tout cela, Michael. Aie confiance ! murmurai-je finalement.

– Ce n'est pas sûr…

Les mots restèrent suspendus au-dessus de nous comme les nuages sombres qui envahissaient lentement le ciel.

– Cette technique en est encore au stade expérimental, m'expliqua-t-il. Ça marche une fois sur deux. Si j'ai de la chance…

– Tu auras de la chance ! m'écriai-je tout en me demandant si ce ne serait pas plus honnête de l'aider à accepter définitivement sa cécité. Mais de quel droit aurais-je pu lui parler ainsi ?

## *Chapitre 4*

À mi-chemin entre la boutique et notre maison, il y avait un point de vue magnifique. On découvrait tout le panorama de Montagne Bleue. Au coucher du soleil, la vallée et les montagnes environnantes s'embrasaient sous la lumière dorée.

C'était l'endroit idéal où s'arrêter pour réfléchir et méditer. Et j'avais de quoi méditer en rentrant chez moi ce soir-là. Je m'assis donc sur le muret de pierre et tentai de mettre un peu d'ordre dans mes pensées.

À force d'être seule avec Michael dans la boutique, je m'installais avec lui dans un petit univers à part. Mais notre promenade à l'étang m'avait fait prendre conscience que, si nous voulions avoir des relations normales, il fallait compter avec le reste du monde. Là commençaient les problèmes.

Le premier problème était bien sûr la cécité de Michael qui l'handicapait terriblement dès qu'il sortait de la boutique. Il ne serait même pas venu jusqu'à l'étang si nous n'avions pas été seuls. Alors, comment imaginer aller au cinéma, au bal ou à un match de foot ? C'était impensable. Nous ne pourrions même pas admirer ensemble un coucher de soleil.

À moins que l'opération ne réussisse… Mais Michael avait bien dit qu'il y avait une chance sur deux. Pour être honnête avec moi-même, je me forçai à me poser la question : que ferais-je si l'opération échouait ? Essaierais-je de me faire aimer de Michael et m'habituerais-je à avoir un petit ami aveugle ? Ou bien le laisserais-je tomber et tenterais-je de trouver quelqu'un de plus… normal ?

Je réalisai alors que je ne pouvais tout simplement plus envisager d'avoir un autre copain que Michael Cartwright, aveugle ou pas. Tout ce que je désirais maintenant, c'était être auprès de lui.

Après que Michael m'eut parlé de cette opération, je compris pourquoi Mme Cartwright barrait les jours sur le calendrier accroché au-dessus du comptoir : le 15 septembre approchait lentement. Et c'était la date prévue pour le rendez-vous avec le chirurgien. Je m'aperçus alors que tout le monde en parlait dans le village.

– On est tous au courant, me confirma Sarah, quelques jours plus tard.

Nous étions de nouveau attablées à l'heure du déjeuner au self, et cette fois Laura Workman était avec nous. Elle aussi serait dans ma classe à la rentrée. Avec ses cheveux très blonds coupés à la garçonne et son franc-parler, elle me rappelait Susan.

– Michael ne vit plus que dans l'attente de cette opération, dit-elle. Mais j'ai bien peur qu'il ne soit horriblement déçu !

– Je sais, acquiesçai-je. Mais même si ça ne marche pas, il y a tant de choses qu'il pourrait faire !

– C'est facile à dire quand on y voit ! La vie de Michael a basculé en un instant la nuit de l'accident. Pour lui, rien ne sera jamais plus comme avant. À sa place, je crois que je réagirais de la même façon. Je refuserais d'accepter.

– Comment peux-tu dire ça ?

– Avant l'accident, Michael était le garçon le plus populaire de Montagne Bleue, au lycée, dans l'équipe de foot et de hockey. Il avait tout. Et bing ! d'un seul coup, il a tout perdu.
– Il n'a pas tout perdu, insistai-je. Il est vivant ! C'est tout de même quelque chose !
– Il est peut-être vivant, intervint Sarah à mi-voix. Mais tout ce à quoi il tenait a disparu.
– Comment ça s'est passé ? demandai-je. Je n'ai jamais eu le courage de le questionner.
– Ce fut horrible, expliqua Laura. C'était Jack Taylor qui conduisait, au retour de la fête de la Saint-Valentin. Il avait neigé, et Jack roulait très prudemment. Il venait juste d'avoir son permis. Au croisement de Bolton Road, un type soûl a brûlé le feu rouge et les a percutés de plein fouet. Jack et sa copine Lorène ont eu de la chance, ils s'en sont tirés avec des égratignures. Mais Lisa et Michael ont été moins chanceux.
– Qui est Lisa ? l'interrompis-je, me rappelant l'étrange silence qui avait suivi l'évocation de son nom le jour où Bob et Tomi étaient venus au magasin.
– La copine de Michael, répondit Laura.
– Oh !
Il ne m'était pas venu à l'idée que Michael pouvait avoir une petite amie ! Voilà qui expliquait

cette distance qu'il maintenait entre nous.
– Eh bien…, balbutiai-je finalement, il faut que j'y aille.
Et je quittai la table dans un état de complet abattement.

# *Chapitre 5*

– Je vous confie le magasin, nous dit Mme Cartwright quelques jours plus tard, je dois aller en ville, à la banque.

La matinée fut très calme. La température était anormalement descendue, incitant probablement les randonneurs à rester chez eux. Je frissonnais dans ma robe d'été. Michael s'en rendit compte, car il disparut dans l'appartement, à l'arrière de la boutique, et revint avec le gilet vert de sa mère qu'il me posa sur les épaules.

Enfilant lui-même un pull, il remarqua :

– Il est bizarre, ce temps, on se croirait déjà en automne.
À cet instant, un éclair illumina le ciel et un violent coup de tonnerre résonna.
– Oh là ! m'écriai-je. J'ai cru que le toit nous tombait sur la tête !
Il rit :
– Ça, il va falloir t'y faire ! Les orages, ici, c'est quelque chose !
Dehors, un déluge de pluie s'abattait sur le parking.
– J'espère que ta mère n'aura pas de problèmes sur la route, dis-je en serrant le gilet autour de mes épaules.
– Elle conduit bien, et si l'orage est trop violent, elle pourra toujours s'arrêter chez sa sœur.
Michael s'approcha du gros poêle en fonte :
– Je vais faire une flambée, on gèle ici.
Une minute plus tard, le feu ronronnait. Assis sur le tapis et picorant des cacahuètes, nous nous réchauffâmes peu à peu. Les clients ne nous dérangeraient pas, personne ne mettrait plus le nez dehors par ce temps.
Un éclair me fit sursauter tandis que le tonnerre éclatait avec une rare violence. À cet instant, toutes les lampes s'éteignirent. J'attrapai le bras de Michael et criai :

– Hé ! Il n'y a plus de lumière !
– Il faut vérifier si la foudre ne nous a pas touchés, répondit-il paisiblement.
Il se leva et me tira par la main :
– Viens, je vais te conduire.
– Me conduire ?
Il rit :
– J'ai l'habitude de marcher dans le noir, tu sais. Mais si la foudre est tombée sur l'arrière de la maison, il pourrait y avoir un début d'incendie. Pour ça, j'ai besoin de tes yeux !
Guidée par Michael, j'inspectai l'arrière-boutique. La foudre était sûrement tombée tout près, mais elle ne nous avait pas touchés.
Nous retournâmes nous asseoir près du poêle. J'avais allumé quelques bougies qui faisaient danser des lueurs roses sur les boîtes alignées sur les étagères.
– C'est drôle, dis-je. Manger des cacahuètes devant un feu de bois, avec le bruit de la pluie résonnant sur le toit, ça me rappelle de vieux souvenirs d'automne à la campagne, quand j'étais petite fille.
– L'automne sera là bientôt, murmura Michael, pensif.
Je crus qu'il faisait allusion à son opération prochaine. Mais il continua :

– Si tu savais le nombre de samedis après-midi que j'ai passés ici, devant le poêle, à grignoter des cacahuètes en regardant la télé avec…
Il s'interrompit brusquement et je crus qu'il s'était étranglé.
– Michael ?
Il poussa un profond soupir.
– Ce n'est rien. Je pensais à quelqu'un…
– Lisa ? hasardai-je timidement.
– On t'a parlé d'elle ?
– Oui, dis-je, Sarah et Laura m'en ont parlé.
Un brusque coup de tonnerre me fit rentrer instinctivement la tête dans les épaules.
– Je comprends que tu lui en veuilles, Michael.
Il sursauta comme si la foudre l'avait touché :
– Qu'est-ce que tu veux dire ?
– Eh bien, elle n'aurait pas dû t'abandonner comme ça.
– M'abandonner… ?
– Oui, je ne l'ai jamais vue ici. Elle ne vient même pas prendre de tes nouvelles. Ce n'est tout de même pas ta faute si tu es aveugle !
Michael m'interrompit :
– Lisa est morte. Elle a été tuée dans l'accident.
– Oh, m'écriai-je, confuse. Pardon, Michael, je ne savais pas.
Sans réfléchir, je jetai mes bras autour de ses

épaules. Et à ma grande surprise, il me serra dans les siens si fort que le souffle me manqua. Pendant un long moment, le martèlement de la pluie sur le toit emplit seul le silence. Puis la semi-obscurité où nous étions plongés me donnant de l'audace, je murmurai :
– Comment était-elle, Michael ?
Sans relâcher son étreinte, il répondit :
– Blonde. Elle avait de longs cheveux blonds. Et des yeux très bleus. Nous étions... tellement proches. On pouvait tout se dire, et elle savait toujours me faire rire.
Il se tut un instant. Enfin il parla, et sa question me prit au dépourvu :
– Et toi, Anna, de quelle couleur sont tes cheveux ? Et tes yeux ?
Les lampes se rallumèrent brutalement. Je sursautai.
– La lumière est revenue, dis-je en me levant d'un bond. Je vais pouvoir finir de ranger les confitures !
Michael n'avait pas bougé.
– Comment sont-ils, Anna ?
– Quoi ?
– Tes cheveux, tes yeux.
Je passai machinalement la main dans ma tignasse châtaine. Je me sentais soudain totalement dépla-

cée, en pleine lumière, au milieu de cette boutique. Vu la façon dont Michael avait parlé de Lisa, il n'y avait pas à s'y tromper. La fille aux longs cheveux blonds et aux yeux très bleus continuait d'habiter ses pensées. Et je comprenais aussi autre chose : que Michael retrouve ou non la vue, je n'avais plus qu'un désir, qu'il s'attache à moi comme il avait été attaché à Lisa.

– Je suis plutôt blonde. Et mes yeux sont… plutôt bleus aussi.

Sa bouche s'étira en un mince sourire.

Apparemment, j'avais choisi la bonne réponse.

## *Chapitre 6*

Nous passâmes l'heure qui suivit à vider des caisses et à en aligner le contenu sur les étagères. Aucun client ne vint nous distraire de cette fastidieuse occupation.

Vers trois heures et demie, Mme Cartwright téléphona pour nous prévenir qu'elle attendait chez sa sœur que l'orage s'apaise. Elle pensait être de retour d'ici deux heures et me demandait de l'attendre.

J'appelai chez moi pour que personne ne s'inquiète de mon retard.

Après avoir fini nos rangements dans la boutique, je préparai du thé, Michael ouvrit un paquet de cookies, et nous nous installâmes à la table de la cuisine.

– Depuis combien de temps ta mère tient-elle ce magasin ? demandai-je.

– Depuis la mort de mon père, dit Michael en reposant sa tasse. Je n'avais que quatre ans, mais je me souviens un peu de lui, comme tu dois te rappeler un peu ta mère, je suppose.

J'avais décidément l'art de poser des questions déprimantes. Je tentai de donner à la conversation un tour plus positif :

– Tu as sûrement des tas de projets pour les prochains mois, après l'opération.

– Si tout va bien, je retournerai au lycée. Je voudrais vraiment réussir les examens de fin d'année.

– Combien de temps durera ta convalescence ?

– Un mois, peut-être six semaines. J'aurai beaucoup de cours à rattraper.

– Tu pourrais travailler chez toi ?

Il haussa les épaules :

– Pour ça, il me faudrait des cours particuliers. Mais c'est trop cher.

– Pas forcément, dis-je. Je pourrais t'aider. Je t'apporterais le travail à faire chaque soir et le remporterais le lendemain.

Il s'adossa à sa chaise, soupirant bruyamment :
– Impossible, Anna, ça te prendrait trop de temps.
– Je le ferai, Michael ! Mes raisons sont parfaitement égoïstes : comme ça, quand j'entrerai dans la classe supérieure, je serai la meilleure parce que j'aurai déjà vu tout le programme avec toi !
Cette fois, il éclata de rire, et j'en fis autant. C'était si bon de lui voir enfin un visage détendu !
Il avança la main pour prendre la mienne :
– Le jour où tu es entrée dans cette boutique a été mon jour de chance.
Le souvenir de ce fameux jour me fit sourire.
– Tu veux que je te dise un secret ?
– Quoi donc ?
– Quand j'ai constaté que tu n'avais pas un regard pour moi, je t'ai pris pour un horrible snob !
Michael cessa de rire.
– Désolé, souffla-t-il.
– De rien ! lançai-je d'un ton aussi enjoué que possible.
J'avais encore fait une gaffe. Je tentai de relancer la conversation :
– Et après le lycée, qu'est-ce que tu comptes faire ?
Il haussa les épaules :
– Papa avait mis de l'argent de côté pour finan-

cer mes études. J'aimerais étudier l'informatique, j'ai toujours été un fou d'ordinateurs.
– Alors, c'est ça ton rêve ?
– Tout le monde a un rêve, dit-il en balayant les miettes de gâteau du plat de la main. Le rêve de beaucoup, ici, c'est de quitter Montagne Bleue. Le mien, c'est de voir à nouveau la montagne.
Je me levai et déposai les tasses dans l'évier sans rien dire.
– Et toi, Anna ? Que veux-tu faire plus tard ?
Il s'était levé aussi et se tenait debout derrière moi. J'ouvris le robinet et versai un peu de produit à vaisselle.
– Oh, j'ai encore deux années au lycée ! Ensuite, j'aimerais devenir styliste.
– C'est ton seul rêve ?
– Tu veux la vérité vraie ?
– La vérité vraie !
Je me retournai pour plonger mon regard dans ses yeux si noirs qui ne me voyaient pas. Et pourtant il me sembla qu'il cherchait à lire dans mon âme.
– Je veux retourner à Rutheford.
– Tu ne te plais pas ici ?
Je me remis à ma vaisselle :
– Je me plais à la boutique, avec toi et ta mère. Mais Rutheford me manque. C'est là-bas que

j'ai mes amis. J'aurais voulu y rester et vivre chez ma tante Ivy. Mais papa n'a pas voulu.
Michael prit un torchon et se mit à essuyer une tasse. Je continuai :
– Ici, papa est tellement occupé que c'est à peine s'il s'aperçoit de ma présence. Et puis il est heureux avec Hélène. Il pourrait se passer de moi.
Michael chercha à tâtons l'étagère pour y déposer précautionneusement la tasse propre.
– Ça, dit-il, j'en doute. Et je parie qu'Hélène non plus ne saurait pas se passer de toi.
– Là, c'est moi qui en doute ! Elle est bien trop excitée à l'idée d'ouvrir son auberge. Grand-mère aurait peut-être un peu de peine, mais elle se consolerait vite avec sa cuisine !
– Tu me manquerais, à moi, lâcha-t-il soudain. Tu me manquerais terriblement.
Il s'approcha et posa sa main sur mon bras.
À cet instant, le carillon de la porte tinta.
– La pluie a cessé, finalement. Me voilà !
C'était Mme Cartwright.

## *Chapitre 7*

Deux semaines plus tard, j'attendais le car de ramassage scolaire en contemplant l'auberge presque totalement installée. Je frissonnais, mais ce n'était pas seulement à cause de l'air frisquet du petit matin. J'étais nerveuse. C'était mon premier jour de classe, et j'aurais voulu qu'il fût déjà fini.

Rien qu'à l'idée de ces regards curieux qui allaient immanquablement dévisager la nouvelle, je me sentais malade d'angoisse. D'un autre côté, je gardais l'espoir de me faire de nouveaux copains.

Michael, Sarah et Laura étaient déjà mes amis, et je n'étais plus tout à fait une étrangère. Mais Susan me manquait terriblement.
Quand le car arriva, Sarah me fit de grands signes, et je me sentis tout de suite mieux. En comparant nos emplois du temps, nous avions constaté avec plaisir que nous serions ensemble pour les cours de français et d'anglais.
– Tu sais, me rappela Sarah, les classes ne sont pas très chargées, ici. Dans moins d'une semaine, tu connaîtras tout le monde !
Quand nous arrivâmes au lycée, elle insista pour me faire visiter l'établissement avant le début des cours.
Le lycée de Montagne Bleue était un vieux bâtiment d'un seul étage beaucoup plus petit que mon ancien lycée. Chaque fois que nous rencontrions quelqu'un, Sarah me présentait. Je me sentais incapable de retenir tous ces noms nouveaux, mais les visages étaient souriants, ce qui me parut de bon augure.
La présence des montagnes ne rendait pas les professeurs moins ennuyeux, et le professeur de français nous fit faire d'emblée un test de vocabulaire, ce qui était exactement la manie de mon professeur de français de Rutheford.
À l'heure du déjeuner, je retrouvai Sarah et Laura

à la cafétéria. Nous nous installâmes près d'une fenêtre qui donnait sur le terrain de sport où s'entraînait l'équipe de foot, et je fus encore présentée à deux filles, Kelly et Jill.

– Ravie de te connaître ! dit Jill. Juste une précision : tu ne touches pas à Keny Thompson, il est à moi !

Elle désignait du doigt l'un des footballeurs, mais je ne pus distinguer lequel.

– Ne t'en fais pas, dit Sarah en me faisant un clin d'œil, Anna s'est déjà trouvé un petit ami.

– Ce n'est pas vrai ! protestai-je.

J'avais rougi comme une pivoine.

– Allez, dit Kelly en me poussant du coude, pas de cachotteries entre nous ! Qui est-ce ?

Comme je me taisais, Sarah répondit à ma place :

– Michael Cartwright.

Les sourcils de Kelly s'arrondirent de surprise :

– C'est pas vrai ! Je le croyais définitivement hors jeu !

– Pourquoi ? Parce qu'il est aveugle ?

Ma réplique avait claqué plus sèchement que je ne l'aurais voulu.

– Non..., mais... c'est que..., balbutia Kelly, embarrassée.

– Et alors, quel effet ça fait de sortir avec lui ? demanda Jill.

– On n'est pas encore… sortis ensemble, bégayai-je, gênée. J'ai travaillé ces dernières semaines à la boutique avec lui, et on est devenus amis, c'est tout.
– Moi, déclara Kelly, je ne pourrais jamais sortir avec un aveugle. Mais c'est vraiment dommage pour Michael, c'était un chic type.
– Il y a tout de même de l'espoir, commenta Laura. Cette opération, vous savez…
– Même s'il retrouve la vue, dit Jill, ça m'étonnerait qu'il sorte à nouveau avec une fille.
– Pourquoi ? demandai-je.
Toute la table devint silencieuse, comme si un esprit venait d'apparaître.
Kelly se tourna vers Sarah, murmurant :
– Elle ne sait pas… pour Lisa ?
– Michael m'a parlé d'elle, dis-je calmement.
– C'était le couple le plus populaire du coin, reprit Kelly. Ils étaient inséparables.
– Seulement, depuis l'accident, Michael ne supporte même plus qu'on prononce son nom devant lui, ajouta Jill.
– Je n'arrive toujours pas à y croire, conclut Sarah dans un soupir.
Et moi, en les écoutant, je me disais que Michael aimait encore Lisa, qu'il n'arrivait pas à l'oublier, qu'il n'y arriverait sans doute jamais. Et

que mes sentiments pour lui étaient sans espoir.

Ce soir-là, assise devant le miroir de ma chambre, je contemplai longuement mon visage. Depuis cette discussion à la cafétéria, l'unique sujet de mes pensées avait été Michael.

Sa cécité ne me rebutait plus. J'étais confrontée à un problème autrement plus grave : Lisa. Elle était morte. Mais Michael en était toujours amoureux.

Et puis j'avais menti à Michael. Je l'avais laissé croire que je ressemblais à Lisa. Mais le miroir me renvoyait l'image de mes cheveux châtains et de mes yeux bruns, une couleur si banale, si ordinaire. Si Michael me voyait un jour, que penserait-il de moi ?

Je lui avais menti dans l'espoir insensé qu'il m'aime comme si j'étais une autre Lisa. Et maintenant mon mensonge était une raison de plus pour qu'il ne m'aime jamais !

Une fois couchée, je me tournais et me retournais dans mon lit, incapable de m'endormir. Je finis par rallumer et me plongeai dans un livre d'exercices de grammaire.

Son effet soporifique commençait à agir quand un coup frappé à ma porte me fit sursauter. Hélène passa la tête par l'entrebâillement :

– Tu ne dors pas ? J'ai vu de la lumière sous ta

porte. Comment ça va, au lycée ?
– Je survis.
– Je suis désolée, dit-elle en s'asseyant sur le bord de mon lit. Avec l'ouverture de l'auberge, je suis tellement débordée, je n'ai même pas pris le temps de te poser la question…
– Je comprends, la rassurai-je.
– Je sais que ce n'est pas facile pour toi, dit Hélène gentiment. Mais tu as affronté les choses avec beaucoup de courage. Je voulais t'en remercier, Anna.
– Finalement, murmurai-je, Montagne Bleue a son charme…
– C'est ce que j'ai cru lire dans tes yeux, fit-elle, taquine. Tu parles souvent de ce garçon de la boutique…
– Michael ? C'est vrai, je l'aime beaucoup.
– Mais… ?
– Mais quoi ?
– Il me semble qu'il y a un « mais ». Je me trompe ?
Je hochai la tête, étonnée de sa perspicacité :
– Mais il est toujours amoureux de cette fille, Lisa, celle qui a été tuée dans l'accident. Et j'ai fait une bêtise. J'avais tellement envie qu'il s'intéresse à moi que je lui ai menti. Quand il m'a dit que Lisa était blonde avec les yeux bleus…

Hélène devina la suite. Elle éclata de rire :
– Mais, Anna, que tu es bête ! Tu es une fille ravissante ! Et on ne tombe pas amoureux seulement d'une apparence !
– Oui, mais cette Lisa, elle était belle aussi à l'intérieur, dis-je tristement. On le devine quand il parle d'elle. Et le jour où il saura que je lui ai menti…
Hélène se pencha vers moi si près que je respirai l'odeur de son parfum.
– Ne t'en fais pas. S'il t'aime bien maintenant sans te voir, il t'aimera aussi quand il te verra. Et si tu veux mon avis, il te trouvera très belle.
Elle s'en alla, fermant doucement la porte derrière elle.
J'écoutai ses pas s'éloigner dans l'escalier, puis j'éteignis la lumière en soupirant. Je voyais se dessiner devant moi le visage de Michael, Michael me regardant pour la première fois. Et ce que je lisais dans ses grands yeux noirs était une amère déception.

## *Chapitre 8*

Le lendemain, après le lycée, j'entrai dans la boutique les bras chargés de livres. Michael, penché sur la caisse enregistreuse, comptait de la monnaie. Le tintement de la clochette lui fit lever la tête.

– S'il vous plaît, dis-je en déguisant ma voix, vous avez du chocolat ?

Un sourire éclaira son visage :

– Anna, c'est toi ?

– Comment m'as-tu reconnue ? m'étonnai-je.

– À ton parfum.

– Alors je vais en changer, et tu seras bien attrapé !
Je plaisantais, mais j'étais tellement heureuse qu'il m'ait reconnue !
Les livres étaient lourds. Je les déposai sur le comptoir.
– Qu'est-ce que c'est ? demanda Michael
– Une surprise ! Mais d'abord, il faut que je te raconte mes premiers jours de lycée.
– Oh, je devine : les profs sont des ogres et les élèves t'ont accueillie avec des tomates pourries !
– Comment as-tu deviné ?
Il saisit ma main, et pendant un court instant j'oubliai qu'il y avait eu une Lisa dans sa vie.
– Non, fit-il, sans blaguer, ça s'est bien passé ?
– Pas mal, tout le monde a été très gentil. Et j'ai fait la connaissance de Kelly.
– Kelly-la-bavarde ? Qu'est-ce qu'elle t'a raconté ?
– Elle m'a parlé de Lisa.
Une ombre passa sur le visage de Michael :
– Il ne faut plus en parler, souffla-t-il, c'est du passé.
Changeant de sujet, je déclarai :
– Je t'ai apporté du travail. Tu vas pouvoir t'y mettre.
Il leva la main en signe de protestation :
– Non, Anna ! S'il te plaît, ne me demande pas

ça ! Je travaillerai quand je verrai ce que je fais, pas avant ! D'ailleurs, je ne suis même plus inscrit au lycée.

– Bien sûr que tu l'es ! s'écria Mme Cartwright, surgissant de l'arrière-boutique. Tu penses bien que je m'en suis occupée ! Michael, il y a deux personnes ici qui ne demandent qu'à t'aider.

Il se taisait, la tête basse.

– Je sais que c'est idiot, soupira-t-il enfin, mais cela me donne l'impression de m'installer dans ma cécité, comme si… comme si l'opération devait échouer.

– Voyons, Michael, m'écriai-je, ça va marcher ! Et je me tournai vers Mme Cartwright, quêtant un encouragement. Mais elle rectifiait machinalement l'alignement des sacs de bonbons sans me regarder. Mon cœur se serra. Le succès de l'opération était loin d'être garanti, et nous le savions tous.

Michael mesura de la main la pile de livres :

– Dis donc, s'exclama-t-il, ça devait peser son poids !

– Tu peux le dire ! m'écriai-je, heureuse de cette marque d'intérêt. Il y a ton manuel de littérature anglaise, celui de chimie, une anthologie de textes philosophiques…

J'énumérai toute la liste.

– Mme Whitcomb dit que c'est surtout une année de révisions et que tu n'auras aucun mal, car tu as toujours été un élève brillant.

Michael se taisait de nouveau, laissant courir ses doigts sur la tranche des livres.

– Remporte tout ça, dit-il brusquement.

– Mais, Michael…

Il se détourna en grommelant :

– J'ai des boîtes de soupe à ranger.

Je restai muette, incapable de trouver un argument quelconque.

La sonnette tinta, annonçant l'arrivée d'un client. Je le servis puis je vins aider Michael à ranger les boîtes sur les étagères.

– Tu sais que tu me rends malade, réattaquai-je.

– Pourquoi ?

– Tu ne sais vraiment pas pourquoi ?

Il haussa les épaules :

– Je ne veux plus en parler.

– Parlons-en, au contraire, m'écriai-je. Je croyais qu'on était d'accord pour que je te rapporte le travail du lycée ! Je comprends que ça te fasse peur. Mais ne va pas prétendre ensuite que personne ne veut t'aider, ce serait trop facile !

– Anna, fit-il d'une voix tendue, tu es injuste.

– Ah oui ?

Je sortis de ma poche un papier plié en quatre :

– Tiens, voilà la liste des devoirs à faire. Il n'y en a pas tellement. Tu n'auras qu'à dicter les réponses à ta mère et je passerai les prendre demain matin avant l'heure du bus.
– Les voilà, mes réponses !
Il m'arracha le papier des mains et en fit une boulette qu'il jeta sur le plancher.
– Michael ! s'écria Mme Cartwright.
– Ne te mêle pas de ça, Maman, cria-t-il. Et toi, Anna, je crois que tu ferais mieux de rentrer chez toi.
– Mais, Michael…, protestai-je.
– Je n'ai de leçons à recevoir de personne ! cria-t-il. J'étudierai quand je serai capable de le faire par moi-même. Et pour l'instant, je ne le suis pas !
Flanquant au passage un coup de pied rageur dans une caisse, il s'engouffra dans l'arrière-boutique.
Je jetai un regard éperdu à Mme Cartwright.
– Ne t'inquiète pas, Anna, murmura-t-elle. Il finira bien par se calmer.
Mais tout ce que je constatais, c'est que Michael ne voulait plus me voir.

## *Chapitre 9*

En rentrant de l'école le lendemain, je fus surprise de voir Hélène qui m'attendait devant la porte.

– Où étais-tu ? cria-t-elle d'une voix presque anxieuse qui m'étonna.

– À la réunion de préparation pour la fête d'octobre, dis-je. On ne parle plus que de ça, au lycée !

– Pose tes affaires et va vite au magasin. Michael appelle toutes les cinq minutes, il veut te voir tout de suite. Ça a l'air très important.

J'enfourchai ma bicyclette, et dix minutes plus tard j'étais à la boutique.
Mme Cartwright s'occupait d'un client. Elle me sourit quand j'entrai et me fit comprendre d'un geste que Michael était dans la pièce du fond.
Il tourna la tête en m'entendant entrer :
– Anna ! Merci d'être venue ! J'ai à te parler.
Il me poussa vers un fauteuil et s'assit en face de moi.
– Je te dois des excuses, une fois de plus. Est-ce que tu peux me pardonner ma stupidité ?
Je poussai un soupir de soulagement. Ainsi, il ne m'en voulait pas ! Je répondis d'un petit ton détaché :
– Il faut voir…
– Je n'aurais pas dû te parler comme ça, hier. Tu as raison : j'ai peur. Et je n'ai pas supporté de te l'entendre dire.
Il se leva, prit sur la table des feuilles de papier et me les tendis :
– J'ai peur, mais je ne suis pas un lâche. Voilà mon travail d'hier. Tu peux le rapporter au lycée ?
– Avec joie, m'exclamai-je en prenant ses devoirs. Qu'est-ce qui t'a fait changer d'avis ?
– J'ai bien réfléchi. Pourquoi perdre tout ce temps à ne rien faire jusqu'à l'opération alors qu'une fille super est là, prête à m'aider !

– Parfaitement exact ! répondis-je en éclatant de rire.
– Maman a téléphoné au lycée pour qu'on lui donne les devoirs d'aujourd'hui. Tu peux me donner un coup de main ?
– Rien ne saurait me faire plus plaisir ! répondis-je.
Et j'étais sincère.
Nous commençâmes par la chimie. J'eus un instant de panique en lisant des formules qui pour moi étaient du chinois, et plus encore quand Michael s'énerva parce qu'il n'y comprenait rien. Pétrifiée, muette, je m'attendais à ce qu'il me jette dehors une fois de plus.
Mais après un moment de silence, il murmura :
– Anna ? Tu es toujours là ?
– Oui.
– Laissons la chimie pour le moment, dit-il d'une voix calme. Prenons plutôt l'histoire.
Pendant la demi-heure qui suivit, je lui lus les textes de son manuel sur les origines de la Première Guerre mondiale. Il m'écouta sans m'interrompre.
– Bon, dis-je. Maintenant, tu vas répondre à quelques questions.
– Tu as une jolie voix, remarqua-t-il.
– Hein ?

– Oui, une très jolie voix. Tu veux bien me chanter quelque chose ?
– Sûrement pas ! criai-je.
J'étais prête à tout pour Michael, mais pas à ça !
– Dans ce cas, je ne travaille plus.
– Michael, ce n'est pas du jeu !
– Alors tu vas faire quelque chose d'autre.
– Quoi donc ?
– Viens près de moi.
Je me levai, vins m'asseoir près de lui et lus la première question.
Alors Michael passa son bras autour de mes épaules et m'attira contre lui.
Je n'entendis rien de sa réponse. Il me semblait que j'allais fondre de bonheur.

L'ouverture de l'auberge était prévue pour le weekend, et nous étions tous sur le pied de guerre. Cinq chambres étaient déjà réservées ; nos hôtes seraient là dès le samedi midi.
Grand-mère, ses cheveux gris soigneusement coiffés, vérifiait la liste des dernières choses à faire.
Hélène entra dans la cuisine comme une bombe tandis que je finissais mon jus d'orange :
– Tout est prêt, aux fourneaux ?
Mon père arriva derrière elle, le registre des réservations à la main :

– Hélène, tu sais que nous avons un jeune couple en pleine lune de miel ? Il faudra mettre des fleurs dans leur chambre !
Je pris mes livres et embrassai mon père sur la joue en passant :
– Amusez-vous bien ! À ce soir !
Dès que je fus assise dans le car, j'oubliai le vent de panique qui secouait notre maison. Sarah et Laura se mirent aussitôt à parler de la fête d'octobre et du bal de Halloween. Nous faisions toutes les trois partie du comité d'organisation et Laura avait des tas d'idées de décoration pour la salle. Je l'écoutais distraitement, rêvant au bonheur d'aller à ce bal au bras de Michael. J'espérais qu'il me proposerait d'être sa cavalière.
– Anna, tu as entendu ce que j'ai dit ? demanda Laura en me secouant par le bras.
– Mais oui, mentis-je effrontément.
– Eh bien, on ne dirait pas !
– J'ai quelques soucis en ce moment, m'excusai-je, avec l'ouverture de l'auberge et tout ça…
Je fus soulagée de les entendre changer de sujet. Je ne voulais rien dire encore de mes relations avec Michael. J'avais trop peur de me faire des idées sur ses sentiments pour moi, et la déception de Michael quand il découvrirait mon vrai visage ne cessait de me préoccuper.

Comme nous descendions du car, j'essayais de me persuader que la seule chose importante était qu'il retrouve la vue, rien d'autre.

En rentrant ce soir-là, je découvris nos premiers hôtes installés sous la véranda. C'était bizarre de voir des étrangers chez nous. Mais je devais m'y accoutumer.
Je me trouvai contrainte de me présenter, et de faire mine de m'intéresser à leurs impressions sur l'auberge et sur la région.
Bientôt je prétextai des devoirs à faire pour me réfugier dans ma chambre.
À peine avais-je posé mes affaires qu'on frappa à la porte. C'était Hélène, chargée d'un plateau. Elle m'apportait des cookies et un verre de lait. Elle s'assit sur mon lit en poussant un soupir :
– Une chance ! La moitié de nos hôtes ont décidé d'aller dîner en ville !
– Tu as l'air fatiguée, déclarai-je.
– Oh, tout se passe bien, mais j'ai toujours peur qu'il manque quelque chose ! Quand tu auras le temps, tu pourras donner un coup de main à ta grand-mère ?
– Je viens tout de suite, dis-je, juste le temps de prendre une douche.
Comme elle quittait ma chambre, je rassemblai

mes livres. Je remarquai alors un mince volume de poésie. Il n'était pas à moi. Je l'ouvris et vis le nom de Michael sur la première page. J'avais dû l'emporter par erreur. Je ne pus m'empêcher de sourire : je tenais là le meilleur des prétextes pour aller lui rendre visite dimanche matin, avant son départ pour l'hôpital !

## *Chapitre 10*

Je ne pus quitter l'auberge aussi tôt que je le souhaitais, le dimanche matin. Grand-mère avait besoin d'aide pour préparer et servir les petits déjeuners.

Puis Hélène me pria de l'aider à faire les lits et à passer l'aspirateur dans les chambres. Ensuite, je donnai un coup de main pour préparer des tartes.

Il était déjà tard quand je sautai enfin sur mon vélo pour rouler jusqu'à la boutique.

Michael leva la tête à mon entrée :

– Anna ?

– Je voulais venir plus tôt, m'écriai-je, mais j'ai bien cru ne jamais pouvoir m'échapper !
Et je lui remis son livre.
– Je suis content que tu sois là, dit-il. Maman est occupée par les préparatifs de notre départ et j'avais terriblement besoin de bavarder avec quelqu'un !
Je pris un paquet de cacahuètes et déclarai d'une voix aussi joyeuse que possible :
– Asseyons-nous sur le tapis, et picorons nos cacahuètes, comme le jour de l'orage !
Aucun acheteur ne vint nous déranger.
– Auras-tu une chambre à toi ? demandai-je.
– Non, mais c'est sans doute mieux. Je me sentirai moins seul.
– Et au bout de combien de temps t'enlèvera-t-on les pansements ?
– Pas avant une dizaine de jours.
Je voyais l'anxiété se peindre sur son visage et décidai qu'il valait mieux changer de sujet.
– Au fait, M. James te fait dire de ne pas t'inquiéter à propos des problèmes de chimie. Personne n'a réussi à les faire !
Il continua d'éplucher ses cacahuètes en silence, puis demanda :
– Qu'est-ce que tu vas faire pendant que je serai là-bas ?

– Tu sais, ma vie ne se résume pas à mes rencontres avec Michael Cartwright ! lançai-je, moqueuse, souhaitant presque que ce soit la vérité. Avec le lycée, le travail à l'auberge et l'organisation de la fête, j'aurai largement de quoi m'occuper !
– Ah oui, cette fameuse fête d'octobre ! Tu vas adorer, Anna. Mais le mieux, c'est le bal de Halloween. L'année dernière, il y avait des costumes absolument délirants. Je m'étais habillé en Dracula, avec un masque horrible. J'étouffais là-dessous, mais ça en valait la peine : j'ai réussi à terrifier Sarah !
– Toi ? Tu ne ferais même pas peur à un papillon !
– Tu veux parier ? Demande à Sarah, tu verras ! Elle ne m'a toujours pas pardonné !
Il éclata de rire, et je savourai ce moment de détente. C'était la première fois qu'il faisait aussi librement allusion au passé.
– Anna, dit-il soudain, redevenant sérieux et avançant la main pour prendre la mienne, et si ça ne marche pas ? Si je reste définitivement aveugle ?
– Oh, Michael, murmurai-je, ça va marcher, j'en suis sûre !
Mais je n'étais sûre de rien, et j'avais aussi peur que lui. Surtout lorsque je songeais à Lisa.

– Je dois te laisser, maintenant, Michael, on m'attend à l'auberge.
Je déposai dans sa main ma médaille porte-bonheur que j'avais emportée pour lui.
– Prends ça, ce n'est qu'une bricole, un truc que j'ai gagné au carnaval de Rutheford l'été dernier. Mais depuis, je l'ai toujours sur moi pour qu'il me porte chance quand il y a un contrôle au lycée !
Il fit tourner pensivement la médaille entre ses doigts. Je savais bien que c'était un objet sans valeur, mais je n'avais rien trouvé d'autre à lui donner.
Il se leva, me prit par les épaules et m'attira vers lui. Puis il caressa mon visage, et se penchant, m'embrassa doucement sur la bouche.
– Anna, souffla-t-il, Anna…
La sonnette tinta à l'entrée du magasin et je me dégageai un peu trop vivement.
– Je penserai à toi, murmurai-je.
Et je courus vers la porte.
Je remontai sur mon vélo dans un état second. Michael m'avait embrassée ! Je n'arrivais pas à y croire. À demi aveuglée par les larmes, je pensais que si l'opération réussissait et que Michael pouvait enfin me voir, ce premier baiser risquait fort d'être le dernier…

## *Chapitre 11*

Le lundi suivant, je montai dans le car et me glissai sur le siège à côté de Sarah. Elle me dévisagea, les sourcils froncés, puis laissa tomber :
– L'auberge a brûlé, ton père t'a abandonnée et ta grand-mère est très malade. C'est ça ?
– Très drôle, dis-je.
– Alors, qu'est-ce qui ne va pas ?
– Michael est parti hier à l'hôpital.
– Aaaaah, murmura-t-elle, je vois. Bientôt il sera de retour, tu te dépêcheras d'aller t'asseoir près de lui chaque matin, et moi, je resterai toute

seule ! Tu as raison, c'est une triste nouvelle...

D'habitude, les plaisanteries de Sarah me faisaient rire, mais ce matin-là, elle ne m'arracha pas même l'ombre d'un sourire.

Je regardais les arbres qui bordaient la route. L'automne était arrivé, et les feuilles avaient pris de merveilleuses couleurs. Je me demandais si Michael les verrait bientôt.

Sarah se pencha vers moi :

– Ça va marcher, Anna, ne t'inquiète pas comme ça !

Je soupirai. Je ne lui avais pas parlé de mon mensonge. Elle ne pouvait pas deviner le vrai sujet de mon inquiétude.

– Sarah, demandai-je, décris-moi Lisa. Comment était-elle exactement ?

– Tu veux vraiment le savoir ?

Je répondis d'un signe de tête. Elle ferma les yeux, comme pour rassembler ses souvenirs :

– C'était une fille... superbe. Elle rêvait de devenir mannequin. Tout le monde l'aimait. Au lycée, elle était bonne élève. Elle faisait partie du club de théâtre, de l'équipe de rédaction du journal...

– Elle sortait avec Michael depuis longtemps ?

Le car commençait à se remplir. Un groupe de gamins s'installa derrière nous et Sarah baissa la voix :

– Je les ai toujours vus ensemble. Au collège, déjà…
Elle s'interrompit et me regarda :
– Tu veux vraiment que je continue ?
– Oui, dis-je. Je veux tout savoir.
Elle soupira profondément :
– Quand l'accident est arrivé, je ne pouvais pas y croire. Même maintenant, il m'arrive de la chercher du regard à l'arrêt du car.
Elle se tut, absorbée dans la contemplation de ses livres. Et nous n'échangeâmes plus un mot jusqu'au lycée.

Je n'avais pas appris grand-chose de plus sur Lisa. Mais cela me suffisait pour imaginer Michael jouant avec ses longs cheveux blonds, plongeant son regard dans ses merveilleux yeux bleus. Je les voyais marcher main dans la main. Ce devait être bien difficile d'oublier une fille comme Lisa. Et encore plus difficile de tomber amoureux d'une autre, surtout dans mon genre.
Je passai le reste de la journée dans une sorte de brouillard. Vers la fin de l'après-midi, cependant, je me rappelai soudain que Michael devait être en soins intensifs, à cette heure-ci, et mon cœur se mit à battre plus vite.
« Le plus dur, maintenant, c'est d'attendre le

résultat de l'opération ! »
J'imaginais Michael, la tête entourée de bandages. Souffrait-il ? Je ne savais même pas si l'opération était douloureuse.
Soudain, je réalisai que mes yeux étaient pleins de larmes.

Le vendredi suivant, l'auberge était prête pour recevoir de nouveaux hôtes. Quand je rentrai du lycée, certains étaient déjà arrivés et jouaient aux cartes dans le salon, devant un bon feu.
Le téléphone sonna. Je jetai mes livres sur la table de l'entrée et me précipitai pour décrocher. Quand j'entendis la voix de Michael, mes genoux se mirent à trembler si fort que je dus m'asseoir.
– Michael ! Tout s'est bien passé ?
– Ça va. Évidemment, j'ai le trac en pensant à lundi, quand on m'enlèvera les pansements.
– Lundi ? Si tôt ? Je croyais que… ?
– Le Dr Story dit que tout s'est très bien passé et qu'il n'y a pas de raison d'attendre plus longtemps.
Je l'entendis soupirer, puis il ajouta :
– Croise les doigts pour moi !
– Oh ! je pense à toi tout le temps, Michael.
– C'est vrai ?
Il resta silencieux un instant, puis demanda :

– Et toi, tu as rencontré des gens nouveaux ?
– J'ai rencontré des tas de gens, des filles et des garçons. Mais je ne suis sortie avec personne. Je n'en ai aucune envie.
– Anna, reprit-il d'une voix si basse que je dus presser l'appareil contre mon oreille pour l'entendre, quand je reviendrai… quand je verrai à nouveau…, je me demandais…
Il sembla reprendre courage et prononça plus clairement :
– Voudras-tu sortir avec moi ? Aller au cinéma, faire du patin, danser au bal de Halloween ?
Et comme je me taisais, la bouche sèche, il répéta :
– Anna ? Tu es là ? Tu m'entends ?
– Je t'entends, dis-je, j'aimerais beaucoup…
À cet instant, la porte du salon s'ouvrit et papa me cria :
– Ne reste pas trop longtemps au téléphone. Si quelqu'un nous appelle pour réserver…
– Je dois raccrocher, maintenant, Michael. Avec les soins et tout ça, tu n'auras peut-être pas le temps de me rappeler lundi ?
– Ne sois pas bête, Anna. Je t'appellerai après 4 heures. Mais ça va être long d'attendre !
Quand je raccrochai, papa vint passer son bras autour de mes épaules :

– Désolé, Anna. Tu verras bientôt Michael en personne, et vous n'aurez plus besoin du téléphone !

Je montai l'escalier quatre à quatre et m'enfermai dans ma chambre.

« Oui, me dis-je en observant longuement l'image que me renvoyait mon miroir. Bientôt je verrai Michael. Mais lui aussi, il pourra me voir. »

Et alors… ?

## *Chapitre 12*

Le lundi après-midi, je dégringolai du bus, poussai la porte à la volée, jetai mes livres sur la table et m'assis près du téléphone comme si on m'en avait confié la garde.
Quand il sonna, c'était pour une réservation. Hélène inscrivit le nom de nos futurs clients sur le registre, puis remarqua avec satisfaction :
– On va être complet, le week-end prochain !
Je ne bougeais pas de mon siège, l'oreille tendue, prête à bondir au premier déclic.
Mais l'appareil restait désespérément silencieux.

Pourquoi était-ce si long ? Qu'est-ce qui avait pu l'empêcher de m'appeler ?
Grand-mère me tira jusqu'à la cuisine pour me faire goûter un gâteau. Je laissai la porte ouverte pour être sûre d'entendre la sonnerie.
Mais le téléphone restait muet.
Je revins à mon poste dans l'entrée. Cinq heures sonnèrent, puis six heures.
– Tu es encore là ? s'étonna papa en passant. Monte plutôt faire tes devoirs. On ira te chercher s'il appelle.
– Je suis trop inquiète, Papa. Il avait promis d'appeler dès que possible !
– Il est probablement pris par des soins ou des tests.
Je secouai la tête sans répondre.
– Allons, Anna, sois raisonnable.
– Encore dix minutes ! mendiai-je. Laisse-moi encore dix minutes !
– Bon, d'accord, dix minutes. Mais pas plus ! dit-il et il disparut dans le salon.
Le vestibule me fit soudain l'effet d'un tombeau.
Papa avait accroché aux murs une série de gravures anciennes, et j'allais de l'une à l'autre d'un pas d'automate.
Il était sept heures moins le quart. J'avais lar-

gement dépassé les dix minutes autorisées. Soudain une sonnerie stridente déchira le silence et je sursautai comme si j'avais reçu une décharge électrique.

Je saisis le combiné :

– Michael ?

– Anna ?

C'était la voix de Mme Cartwright.

– Oui, c'est moi. Où est Michael ? Il m'avait promis d'appeler !

– Anna, je t'appelle de ma chambre d'hôtel. Je viens juste de quitter Michael. On lui a retiré ses pansements.

– Et il... il doit se reposer ?

– Oui, dit-elle doucement.

Il y eut un silence pendant lequel les pires possibilités me passèrent par la tête.

– On lui a retiré ses bandages ce matin, reprit la mère de Michael. Et... et le docteur dit qu'il en est sûr, maintenant : le nerf optique n'est pas touché, seulement la rétine...

– Mais ? balbutiai-je.

– Le docteur dit qu'il peut retrouver la vue, mais...

Je fus prise d'une violente envie de raccrocher et de faire semblant de croire qu'il n'y avait pas eu d'appel. Au lieu de cela, je murmurai :

– Vous voulez dire que… ça n'a pas marché ?
– Non, le docteur ne dit pas cela. Il dit qu'il y a un chirurgien, en France, qui fait des miracles dans des cas semblables.
Elle se lança dans les détails de l'opération, mais je ne l'écoutais plus.
Tout ce que je réussis à saisir fut que Michael serait de retour dans quelques jours.
– Et Michael ? Comment prend-il ça ? demandai-je enfin d'une petite voix.
Elle soupira, et il me sembla deviner un sanglot :
– Mal. Très mal…
C'était mon tour de sangloter.
– Oh, Madame Cartwright, je suis si triste, si déçue… Je voudrais tant faire quelque chose pour vous !
– Tu peux beaucoup, Anna, même si ça va être très dur. J'étais là quand il t'a appelée, l'autre jour. J'étais si heureuse de l'entendre faire des projets avec toi. Mais tout à l'heure, quand je lui ai dit : « Michael, tu devrais appeler ton amie », il m'a répliqué : « Je n'ai pas d'amie. »
Pendant une seconde, mon cœur cessa de battre.
Puis je me repris :
– Je viendrai le voir dès son retour. Et s'il vous plaît, dites-lui bien qu'il a une amie !
22 septembre. J'avais souligné cette date sur

mon agenda, celle où Michael avait promis de m'appeler.

À cet instant, ma peur d'être vue par Michael me sembla égoïste et dérisoire. Il ne me restait qu'une chose à faire : essayer de le rendre heureux, même s'il devait rester aveugle.

Le lendemain, j'empruntai à la bibliothèque du lycée des ouvrages sur la cécité. Je voulais tout savoir, tout ce qui pourrait aider Michael, mais aussi tout ce qui pourrait m'aider à l'aider.

Michael resterait aveugle. Et je n'étais pas sûre d'être capable de le supporter.

## *Chapitre 13*

Michael revint le vendredi suivant. En passant devant la boutique, je vis la voiture de sa mère garée sur le parking. Le panneau FERMÉ était encore accroché à la porte et j'en déduisis qu'ils n'étaient pas prêts à recevoir de la visite. C'était compréhensible après la terrible déception qu'ils venaient de vivre. Je décidai de revenir le lendemain.

À l'auberge, nous vivions dans un tourbillon d'activités, ménage, rangements, cuisine. Je passai la soirée à aider grand-mère et à faire la conversation avec les hôtes qui venaient d'arriver.

Le samedi, en début d'après-midi, je mis le parfum que Michael aimait, sautai sur mon vélo et roulai jusqu'à la boutique.

Mme Cartwright me fit un petit signe. Quand les clients furent sortis, elle dit :

– Je suis contente de te voir, Anna. Mais ne te fais pas trop d'illusions.

– Que voulez-vous dire ?

– Michael ne sera sans doute pas un compagnon très agréable, ces jours-ci…

À cet instant, il sortit de l'arrière-boutique. Mon cœur se mit à battre un peu trop vite.

J'approchai de lui lentement. Il tourna légèrement la tête, devinant une présence. Je voulus lui prendre la main, mais il la retira vivement :

– Anna ?

J'avais prévu de répondre joyeusement, avec une plaisanterie quelconque. Mais tout ce que je sus dire fut :

– Salut, Michael, c'est moi.

Il répondit sèchement :

– Qu'est-ce que tu veux ?

– Je… heu… je veux te voir, et…

Il se détourna, saisit un carton de bouteilles de jus de tomate.

– Ce n'est pas le moment, j'ai du travail.
Et il se mit à ranger les boîtes sur une étagère.
Je le suivis :
– Moi aussi, je suis plutôt occupée en ce moment. La semaine dernière, on a passé chaque fin d'après-midi à fabriquer les décorations pour la fête d'octobre.
Michael continuait son travail en silence.
– Et pour le bal, tu sais… on en a déjà un peu parlé… Tu… tu viendras avec moi ?
– Ça m'étonnerait.
Me rappelant les paroles de Mme Cartwright, je fis un gros effort pour ne pas me sentir blessée. Je vins me mettre près de lui et l'aidai à aligner les boîtes.
– À deux, ça ira plus vite.
– Je peux le faire seul, répondit-il sans même se tourner vers moi.
– Oui, je sais. Mais on a si souvent travaillé ensemble…
– Laisse-moi tranquille, Anna. Je n'ai pas le temps de bavarder.
– Michael, dis-je, essayant de ne pas me démonter, je comprends ce que tu ressens. Mais ce n'est pas une raison pour me parler sur ce ton.
– Parce que tu as des leçons à me donner, peut-être ?

Je faillis abandonner la partie. Pourtant, je repris :
– Tu sais, j'ai lu des livres… sur la cécité. Et bien que je ne puisse pas vraiment me mettre à ta place, je crois avoir compris pas mal de choses. Et ça m'a donné des idées sur la façon dont on pourrait travailler ensemble. Lundi, je t'apporterai tes devoirs et…
– Laisse tomber, Anna. Maman s'en occupe. Tu n'as plus besoin de passer ici chaque jour.
Je crus recevoir un coup de couteau :
– Mais, Michael, quand tu m'as appelée de l'hôpital, tu disais que…
Il eut un rire sarcastique :
– Oublie ça, Anna. J'ai dit n'importe quoi !
Cette fois, je faillis fondre en larmes. Si Michael ne voulait plus de moi, il ne me restait qu'à m'en aller. Je me dirigeai vers la porte en murmurant :
– Alors, au revoir, Michael.
J'espérais qu'il ne percevrait pas les sanglots dans ma voix.
Je pédalai vers la maison le cœur lourd, souhaitant que cet au revoir ne se transforme pas en adieu.

## *Chapitre 14*

Je ne mis plus les pieds au magasin pendant plusieurs semaines. Michael avait besoin de temps pour se remettre de sa déception, et je ne me sentais pas la force d'affronter un nouveau rejet.
Puis ce fut la fête d'octobre. Il y eut un défilé costumé, des jeux, des buffets débordants. Un énorme feu de joie fut allumé au centre du stade. On pouvait voir la lumière à plusieurs kilomètres à la ronde. Avec Sarah et Laura, nous chantâmes toute la soirée autour du feu, frissonnantes dans

la fraîche nuit d'automne. Et quand à la fin nous fîmes une immense ronde en nous tenant par la main, je réalisai que je n'étais plus une étrangère à Montagne Bleue.

Quelques semaines plus tard, c'était le bal de Halloween. J'avais renoncé à m'y rendre au bras de Michael. Dès le début, des garçons m'invitèrent, et je me laissai aller au plaisir de danser sans plus penser à rien d'autre.

Pourtant, pendant ces longues semaines, je songeais encore à Michael. Je continuais à m'informer sur la cécité en lisant tous les livres que je pouvais trouver à la bibliothèque. Je voulais en savoir plus sur le sujet que Michael. Je cherchais toujours un moyen de l'aider.

Je fus particulièrement passionnée par l'histoire d'une institutrice qui s'était spécialisée dans l'enseignement aux aveugles.

Un matin, je posai sur la table de la cuisine un paquet de livres à rendre à la bibliothèque et dis à grand-mère :

– Tu sais, je croyais lire ces livres pour Michael. Et je viens de comprendre que je l'ai fait aussi pour moi. Papa a toujours dit que je ferais une bonne institutrice. Ça me paraissait une drôle d'idée, mais maintenant... Tu crois que je peux changer mes projets d'avenir ?

– Il n'est jamais trop tard, Anna ! Regarde-moi : qui aurait cru qu'un jour je réaliserais mon vieux rêve de devenir cuisinière ? Et toi, tu es au commencement de tout ! Tu peux choisir n'importe quelle voie ! Et même changer encore d'avis après ! Et je suis sûre, moi aussi, que tu peux faire une merveilleuse institutrice !
– Tu le penses vraiment ?
– Tu as toujours aimé les enfants, tu es patiente et tu n'abandonnes jamais une personne en difficulté. Si tous les enseignants te ressemblaient !
Je me levai, ramassai mes livres et posai un baiser sur sa joue :
– Je t'adore, grand-mère !
Et je courus vers l'arrêt du car.

Un peu plus tard, j'étais dans la boutique. Michael me tournait ostensiblement le dos.
J'étais patiente, grand-mère avait raison. Mais là, je trouvais qu'il exagérait.
– Je suis là, Michael. Et j'ai à te parler.
Il se retourna à contrecœur :
– J'ai du travail.
– Ce n'est pas vrai ! Prends ta veste, nous allons à l'étang.
Il déchiffra l'heure sur la montre que sa mère lui avait offerte après l'opération :

– Il fait presque noir, à cette heure-ci.
Quelque temps auparavant, j'aurais été incapable de lui tenir tête. Mais la lecture de tous ces livres m'avait appris qu'il fallait être directe. Je répliquai :
– Et alors ? Ça te gêne ? De toute façon, tu n'y vois rien et tu connais le chemin mieux que moi !
Soupçonneux, il demanda :
– Pourquoi à l'étang ?
– Pourquoi pas ? Cet endroit en vaut un autre. Si on doit sortir ensemble, autant avoir un but de promenade, non ?
Sa bouche s'ouvrit comme pour répliquer. Puis soudain elle se fendit en un large sourire :
– Toi alors, tu ne manques pas d'air !
Je le pris par le bras :
– Alors, tu la prends, cette veste, ou tu veux que je le fasse pour toi ?
Sa mère émergea alors de derrière les étagères :
– Bonjour, Anna ! Je suis contente de te voir ! Ta veste est exactement là où tu l'as laissée, ajouta-t-elle à l'intention de son fils.
Comme nous allions sortir, elle s'approcha de lui :
– C'est le moment d'étrenner le cadeau du Dr Story.
– Je t'ai déjà dit ce que je pensais de ce cadeau, gronda-t-il.

– Il faut bien que tu apprennes à t'en servir !
Je vis alors qu'elle lui tendait une canne blanche.
– Non ! cria-t-il. Je ne prendrai jamais ce truc !
– S'il te plaît, Michael !
Sa voix avait soudain un ton d'autorité que je ne lui connaissais pas.
– Bon, ça va, grommela Michael, je la prends. Mais ça va m'encombrer, c'est tout !

Nous prîmes le chemin de l'étang. Le bout de la canne de Michael sonnait étrangement sur le sol humide. Le vent emportait les dernières feuilles des arbres.
– Je déteste cette canne, bougonna Michael. Un cadeau du docteur, tu parles ! Tout le monde va me regarder maintenant !
– Tout le monde te connaît, ici, Michael. Et ça peut t'aider à ne pas trébucher sur n'importe quoi !
Les nuages cachaient la lune, la nuit était noire et Michael se rendit compte avant moi que nous arrivions dans la clairière.
– On y est, dit-il en s'arrêtant.
– Oui. Asseyons-nous.
Je dépliai la couverture que j'avais emportée et l'étendis sur un rocher plat. C'est à peine si je distinguais la berge.

– Tu vois, repris-je, ce n'était pas si difficile.
Il haussa les épaules :
– Tu étais avec moi.
– Bientôt, tu feras le trajet seul, tu le connais mieux que moi.
– Il y a d'autres personnes ?
– Non, il fait nuit.
– C'est vrai, murmura-t-il, j'avais oublié.
– C'est drôle. La première fois, à cette heure-ci, il y avait encore un grand soleil !
– Anna ? m'interrompit-il. Pourquoi es-tu venue ?
La réponse n'était pas facile à exprimer.
– Parce que je voulais te voir, osai-je dire enfin.
– Pourtant, la dernière fois, je ne t'y avais guère encouragée !
– Tu m'as même carrément fichue dehors !
– C'est vrai, reconnut-il. Mais je ne pouvais supporter de me montrer dans cet état. Et surtout de t'inspirer de la pitié.
– Je sais. C'est pourquoi je ne suis pas revenue plus tôt. Et je n'ai pas pitié de toi, Michael. Mais je comprends combien ta déception a pu être terrible. D'ailleurs, moi aussi, j'avais besoin de temps pour réfléchir à tout ça. C'est pour ça que je suis restée chez moi, et j'ai lu tous ces livres.
Je pris une profonde inspiration avant d'oser continuer :

– Et maintenant, je peux te poser la question : veux-tu toujours que je m'en aille ?
– Non, souffla-t-il.
Ses mains cherchèrent mon visage, écartèrent mes cheveux.
Mes larmes jaillirent et il murmura :
– Tu pleures, Anna ?
– Oh, Michael, ne me dis plus jamais que tu n'as pas besoin de moi !
– Je ne le dirai plus, promit-il.
Puis il ajouta :
– Mais est-ce que tu envisages vraiment de sortir avec un aveugle ?
– Je ne sais pas, répondis-je honnêtement. Je ne suis encore jamais sortie avec un garçon. Ce que je sais, c'est que, aveugle ou pas, tu es le seul auprès de qui je me sente bien. Je n'ai pas cessé de penser à toi ces dernières semaines. Tu m'as manqué terriblement.
Il me serra contre lui, et pendant un instant, j'oubliai tout ce qui n'était pas le bonheur d'être entre ses bras.
– Tu sais, murmura-t-il après un long silence, j'ai perdu tout espoir maintenant. Il y a bien ce chirurgien français dont nous a parlé le Dr Story. Mais il pourrait aussi bien être sur Mars. Jamais nous n'aurons assez d'argent…

– Et la somme mise de côté pour payer tes études ?
Il secoua la tête :
– Maman dit qu'il faut être réalistes. J'ai plus que jamais besoin de faire des études, et de surcroît des études spécialisées. Je suis aveugle, Anna.
C'était la première fois que je l'entendais parler ainsi. C'étaient des paroles désespérées. Et pourtant j'y percevais le désir de Michael de rejoindre enfin le monde des vivants.

## *Chapitre 15*

Une semaine plus tard, juste avant la fête de Thanksgiving, j'eus le choc de ma vie : en montant dans le car, je vis... Michael, assis sur la banquette arrière, un timide sourire aux lèvres !

Je faillis lâcher mes livres de saisissement :

– Toi !

Il prit mon bras comme je me laissai tomber près de lui :

– Surprise ? Je ne t'en ai pas parlé, parce que je n'étais pas sûr d'oser le faire.

Et il me raconta comment, le soir précédent, il

avait passé deux heures avec sa mère et M. Serrano, le proviseur, à se repérer dans les lieux. Il savait maintenant combien de pas il devait compter entre l'arrêt du car et la grille du lycée, et le long de l'allée de ciment jusqu'au hall d'entrée, et combien de marches jusqu'au premier étage...

– Mais, dis-je, comment peux-tu te rappeler tout ça ?

Il rit :

– J'ai toujours été bon en math !

Je serrai sa main en murmurant :

– Tu as le trac ?

– Un peu. Mais ce machin va m'aider !

Et il souleva la canne blanche qu'il tenait contre lui.

Au fur et à mesure que le car se remplissait, les élèves venaient le saluer avec de grandes exclamations de surprise. Lui riait et plaisantait avec eux, et il me sembla découvrir un peu du Michael d'autrefois.

Comme nous approchions du lycée, toutefois, son visage se rembrunit et je devinai son inquiétude. Quand le car s'arrêta, il me souffla à l'oreille :

– Je vais avoir besoin de ton aide.

– Pas de problème, murmurai-je en retour. Et tu verras, dans quelques jours, ça ira tout seul !

Je passai devant et il me suivit, la main posée sur mon épaule. Il descendit les marches presque avec aisance, en les tapotant du bout de sa canne, et je surpris les regards admiratifs des autres élèves.

Nous remontâmes l'allée côte à côte, sa main gauche sur mon épaule, sa main droite tenant la canne. Je l'entendais compter tout bas le nombre de pas, puis les douze marches de ciment. Sarah nous regardait de loin. Quelqu'un nous tint la porte. J'étais si émue que j'avais presque envie de pleurer.

Le bruit et l'agitation emplissaient les couloirs comme à l'ordinaire. Michael lâcha mon épaule et dit :

– Je continue seul, Anna. On se verra à l'heure du déjeuner.

– Un rendez-vous ! dis-je d'un ton moqueur qui dissimulait difficilement ma joie. Mais, Michael, comment allons-nous nous retrouver ?

– Attends-moi devant la salle 28 à la fin des cours. Tu m'aideras à trouver la cafétéria, je n'ai pas encore bien le chemin en tête.

Puis se penchant vers moi, il dit doucement :

– Merci pour tout !

Je m'éloignai, non sans me retourner tous les trois pas pour le regarder suivre le couloir en

s'aidant de sa canne et pénétrer finalement dans une salle de cours.
– Tu vois, il se débrouille très bien !
Je tournai la tête. Sarah était devant moi.
– Quel veinard ! commenta-t-elle en riant. Il a trouvé celle qu'il lui fallait !

À partir de ce jour, Michael vint régulièrement au lycée. Il avait un petit magnétophone sur lequel il enregistrait tous les cours. Les professeurs lui faisaient faire la plupart des exercices oralement, aidés parfois par un autre élève. Certains lui conseillaient d'apprendre le braille, mais Michael ne voulait pas en entendre parler pour l'instant.
Cependant il gardait encore ses distances avec ses amis. Il plaisantait volontiers avec eux, mais personne ne réussit jamais à l'entraîner dans une soirée. Son univers se résumait au lycée et à la boutique.
Je poursuivais mes lectures, espérant y trouver des idées pour sortir Michael de cet isolement. Je finis par me persuader que le patinage sur glace était exactement ce qu'il lui fallait. D'abord, patiner, c'est comme monter à bicyclette, une fois qu'on a appris, on n'oublie jamais. Et, si on se rendait à l'étang en dehors des heures habi-

tuelles de fréquentation, il ne risquerait pas de tamponner quelqu'un.

J'attendis le début du mois de décembre avant de trouver le courage de faire à Michael cette proposition. Je m'attendais trop à sa réaction !

– Patiner ? J'ai déjà du mal à marcher sans me cogner partout, et toi, tu voudrais me mettre des patins aux pieds ?

Je répondis avec aplomb :

– Pourquoi pas ? Tu as peur de te rendre ridicule, c'est ça ?

– Exactement.

Sa réponse avait le mérite de l'honnêteté.

Je finis par le décider à faire une tentative le samedi soir, après la tombée de la nuit, quand tous les autres patineurs auraient quitté les lieux.

Nous riions comme des gamins en suivant le chemin de l'étang. Michael se guidait avec sa canne, ses patins sur l'épaule. Je portais une couverture, une lampe à gaz prêtée par Mme Cartwright et mes patins, bien entendu.

Je posai la couverture et la lampe sur le rocher plat où nous nous étions assis auparavant et nous laçâmes nos patins.

J'avançai la première pour tester la glace. Elle était parfaite. Le soleil avait disparu à l'horizon,

mais les dernières lueurs du couchant éclairaient encore la surface de l'étang. Je me tournai vers Michael et le découvris pétrifié sur la rive :
– Je ne sais plus, murmura-t-il d'un air misérable. Je ne sais plus patiner !
– Mais non, criai-je, c'est comme le vélo, ça ne s'oublie pas. Viens avec moi !
Je le tirai par la main.Au début, il vacilla, puis ses chevilles s'affermirent. Main dans la main, nous commençâmes à patiner souplement. C'était une merveilleuse sensation. Puis Michael me demanda de le conduire au milieu de l'étang pour qu'il puisse essayer seul quelques figures.
– Vas-y, lançai-je pour l'encourager, je reste là !
Il dessina quelques cercles, puis des figures en forme de huit. Il s'essaya même à la marche arrière.
– Ça, cria-t-il en riant, c'est ce qu'on fait au hockey !
Un coup de vent fit tourbillonner des feuilles et une petite branche tomba sur la glace.
– Michael ! Attention !
Trop tard ! La lame de son patin avait accroché la branche. Il tomba lourdement en arrière.
Je m'élançai :
– Michael, tu n'as rien ?
Juste un peu étourdi, il grimaça un sourire :

– Ça va. C'est ma fierté qui en a pris un coup.
Je le reconduisis sur la rive, les jambes en coton, maudissant mon imprudence. Il aurait pu se blesser par ma faute !
– Tu sais, dit-il, j'ai entendu le petit bruit de la branche qui tombait. Mais je n'y ai pas fait attention. Il me semblait être revenu au temps où nous patinions ensemble, Lisa et moi…
Il s'interrompit brusquement.
– Il fait froid, dit-il frottant ses mains gantées pour les réchauffer.
Je ne répondis pas. J'entendais un nom répété à l'infini dans l'air glacé : Lisa, Lisa…
Devinant ma détresse, Michael me prit la main. Son visage fut soudain tout près du mien, sa bouche glissa sur mes joues froides, cherchant la mienne. Il m'embrassa longuement, si tendrement que pendant plusieurs secondes j'oubliai totalement Lisa.
– Tu es gelée, dit-il enfin avec un petit rire. Allons-y.
– Michael… Je n'ai pas envie de rentrer.
Il m'entoura de ses bras et me serra contre lui.
– J'ai parlé de rentrer ?
– Non, mais…
– Tu ne veux pas patiner avec moi ? Il faut faire quelque chose pour se réchauffer !

Je le serrai si fort que nous manquâmes tous deux de perdre l'équilibre. Puis, en riant, nous repartîmes sur la glace. Nous patinâmes longtemps, sans parler, avec de lents mouvements, comme si nous tenions entre nous quelque chose d'infiniment fragile.
Puis Michael brisa le silence :
– Il n'y a que toi pour me faire faire des choses pareilles !
– C'est normal, dis-je d'un ton aussi neutre que possible. J'avais besoin d'un partenaire pour patiner !
– Et moi, j'avais besoin de bien plus ! J'avais besoin d'une amie telle que toi, et je ne le savais pas !
Je me sentis soudain très mal à l'aise. Michael parlait d'une fille qui, croyait-il, ressemblait à Lisa. Je fis un effort désespéré pour changer de sujet :
– Michael, qu'est-ce que tu penses faire, plus tard ?
– Joueur de hockey professionnel, répliqua-t-il avec un petit rire sarcastique. Et toi ? Ah oui, je me souviens, tu m'as dit que tu voulais être styliste !
– J'ai changé d'avis. Je pense devenir institutrice.
– Et passer tes journées avec une bande de sales gamins ?

– Avec une bande de sales gamins aveugles, oui, dis-je.
Je m'arrêtai au beau milieu de l'étang, retenant mon souffle, m'attendant presque à voir la glace se briser sous mes pieds et m'engloutir.
Michael leva la main, enroula une boucle de mes cheveux autour de son doigt. Puis m'attirant vers lui, il me souffla à l'oreille :
– Anna, je crois que je suis amoureux de toi.

Tard, ce soir là, allongée dans mon lit, je contemplais la lune, ronde et pleine. Je me rappelais chaque instant passé avec Michael, comme nous glissions sur la glace à la lumière de cette lune qui s'était levée de derrière le bois.
« Je crois que je suis amoureux de toi. »
J'avais tant espéré entendre ces mots-là ! Mais ce n'était pas à moi qu'ils s'adressaient. Celle dont Michael était amoureux était une fille imaginaire qui avait l'apparence de Lisa. Et je savais que je devrais bientôt lui avouer la vérité. Je ne voulais pas être l'ombre de Lisa.

Ma décision était prise. J'allais demander à Sarah si elle n'avait pas un album de photos. J'avais besoin de voir ma rivale.
Sarah dirait sans doute : « Tu es folle, Anna. Lisa

est morte ! » Mais Sarah aurait tort. Lisa était vivante dans les rêves de Michael.

## *Chapitre 16*

Sarah déclara effectivement que j'étais folle quand je lui demandai si elle possédait des photos de Lisa. Mais le lendemain elle m'apporta quelques exemplaires du Livre de l'année du lycée.

Elle les jeta sur mon lit en grommelant :

– Je ne pense pas que ce soit une bonne idée.

Elle avait sans doute raison, mais je devais savoir à quoi ressemblait vraiment Lisa. Je feuilletai le premier album. Sarah posa son doigt sur une photo du groupe de théâtre :

– Tiens, là, elle était encore au collège. Elle tenait

le premier rôle dans la pièce de fin d'année, et elle était simplement merveilleuse.

Je contemplai en silence un ravissant visage. Lisa souriait. De tous les visages rassemblés sur cette photo, c'était… oui, c'était le plus vivant.

Sarah tournait les pages :

– Tiens, là, elle est avec l'équipe de rédaction du journal.

Michael était sur la photo, lui aussi, mais on l'avait mis au dernier rang, sans doute à cause de sa haute taille.

Je vis ensuite un tournoi de ping-pong où Lisa était finaliste. Le photographe l'avait saisie en plein mouvement, la main levée pour frapper la balle, ses longs cheveux blonds voltigeant autour de sa tête.

Puis vinrent les premières années de lycée. Lisa sur le plongeoir de la piscine, prête à s'élancer. Sur d'autres photos, on la voyait avec Michael, main dans la main, ou bien se tenant par la taille, tous deux souriants, heureux.

– Pourquoi ne m'as-tu pas empêchée de regarder, Sarah ? soupirai-je.

Elle referma l'album en le claquant :

– Maintenant, écoute-moi bien, espèce d'idiote ! Moi, je t'aime comme tu es. Pourquoi Michael n'en ferait-il pas autant ?

Enfouissant mon visage dans l'oreiller, je répondis :
– Parce que Michael ne m'a jamais vue !
– Et il ne te verra jamais, ajouta-t-elle tout doucement.
– Sans doute. Même s'il peut aller en France, jamais il ne pourra payer le prix de l'opération. Le chirurgien est trop célèbre. Si au moins Michael avait reçu des dommages et intérêts…
– Oui, dit Sarah, mais le chauffard s'est enfui après l'accident et il a quitté le pays. On ne l'a pas retrouvé. Et comme Jack, qui conduisait, venait juste d'avoir son permis, ses parents n'avaient pas encore pris d'assurance pour lui. La compagnie n'a presque rien remboursé. La mère de Michael a eu juste de quoi payer la note de l'hôpital.
– C'est vraiment horrible, gémis-je.
Sarah s'approcha de la fenêtre pour regarder la neige qui tombait à gros flocons silencieux.
– Oui. La commune les a aidés un peu. Au lycée, les élèves se sont cotisés. On a tous fait des petits boulots pour gagner de l'argent, pas grand-chose bien sûr, mais c'était toujours mieux que rien.
Cette remarque de Sarah venait de me donner une idée. Et si j'organisai une collecte pour financer l'opération de Michael en France ?

## *Chapitre 17*

Michael me téléphona un après-midi, juste avant les vacances de Noël.

– Qu'y a-t-il ? demandai-je. Je t'ai quitté il y a dix minutes !

Les mots se bousculèrent dans sa bouche :

– Anna, tu ne vas pas y croire ! J'ai reçu une lettre du Dr Story. Il veut que je vienne à Boston !

– À Boston ? Pour quoi faire ?

– Parce que ce chirurgien – tu sais, le chirurgien français – est venu donner des cours à l'hôpital de Boston. Le Dr Story lui a écrit, et ce Dr Boulez, le Français, pense qu'il peut faire quelque chose pour moi. Il utilise une nouvelle méthode de chirurgie au laser qui peut réparer les rétines endommagées !

Incapable de trouver mes mots, je ne pus qu'émettre un petit cri étranglé, et j'entendis Michael éclater de rire.

– Et le plus beau de l'histoire, continua-t-il d'une voix incroyablement excitée, c'est qu'il le fera en démonstration, pour expliquer la technique aux étudiants. Donc, ce sera gratuit !

Je me laissai tomber sur le vieux banc, contre le mur du vestibule :

– Gratuit !

Michael ne pouvait s'arrêter de rire.

– Nous n'aurons qu'à payer le voyage. Ils vont même offrir la chambre d'hôtel à maman !

– Et... c'est pour quand ?

Je tremblais si fort que je parlais avec peine.

– Le 5 janvier !

J'entendis derrière la voix de Mme Cartwright :

– Nous partirons là-bas le week-end précédent !

– Anna, reprit Michael, tu peux venir ? Je voudrais te parler autrement que par téléphone.

– J'arrive !

Je traversai la cuisine au pas de course, criant

l'incroyable nouvelle à grand-mère, qui de saisissement en laissa tomber son torchon.

À peine avais-je fait irruption dans la boutique que Mme Cartwright me prenait dans ses bras et me plaquait deux gros baisers sur les joues.

– As-tu jamais entendu parler d'un cadeau de Noël pareil ? s'écria-t-elle en riant.

– Ma parole, s'écria Michael, tu es venue en Concorde ! Je viens à peine de raccrocher !

Mme Cartwright voulut me garder à dîner. Je dois avouer qu'elle n'eut pas à insister beaucoup !

Ce fut un merveilleux dîner. Ils m'expliquèrent en long et en large combien l'hôpital de Boston était prestigieux et à la pointe du progrès. Puis la conversation glissa sur les pays du monde que nous avions toujours rêvé de visiter. Je proposai ensuite d'aider Mme Cartwright à débarrasser la table, mais elle refusa :

– Laisse-moi faire, dit-elle. Va plutôt t'occuper de Michael.

Je me sentis soudain un peu mal à l'aise. Depuis notre séance de patinage à l'étang, j'avais pris quelques distances avec lui. Sachant que tôt ou tard il découvrirait mes mensonges, j'essayais de ne pas me laisser aller à des sentiments qui risquaient fort d'être sans espoir.

– As-tu un cavalier pour la soirée du nouvel an ? me demanda-t-il en souriant. Bruce organise une fête chez lui, et tout Montagne Bleue y sera !
– Je n'ai pas encore de projets, dis-je.
– Eh bien, il serait temps d'y penser ! Parce que j'ai longuement réfléchi : quelles que soient les suites de cette opération, j'ai décidé de vivre normalement !
– Tu veux dire… que tu iras à cette soirée ? Que tu m'y emmèneras ?
Il fronça comiquement les sourcils :
– N'est-ce pas ce que j'ai dit ?
– Oui, mais…
Il m'interrompit :
– Anna, s'il te plaît, réponds-moi clairement. Veux-tu, oui ou non, aller avec moi à la soirée du nouvel an ?
– Oui, criai-je. Oui, oui, oui !
Il rit tandis que je le serrai dans mes bras.
Nous ne parlâmes plus de l'opération jusqu'à ce que Michael me reconduise à la porte. Le visage brusquement grave, il se pencha vers moi :
– Anna, et si ça ne marche pas ? Je veux dire… il n'y a aucune certitude.
Je l'enlaçai et déclarai :
– Au moins, tu seras sûr d'avoir tout tenté.
Il sourit pensivement :

– C’est exactement ce que me dit maman !
Puis il soupira :
– C’est un bien étrange hiver, tu ne trouves pas ? Après l’échec de la première opération, je voulais tout laisser tomber, comme si mes derniers rêves étaient morts à tout jamais.
– Et maintenant ?
– Maintenant, je me sens comme un petit garçon à qui tout semble possible : retourner en classe, faire du patin, inviter une fille à sortir…
Sa voix se mit à trembler :
– … et voir de nouveau !
Je me taisais, réfléchissant à ses paroles. Il avait raison, ces derniers mois avaient été bien étranges, si différents de ce à quoi je m’attendais. Retourner à Rutheford, devenir styliste, rien de tout cela ne m’intéressait plus. J’avais d’autres rêves en tête, et le premier de tous, mon rêve de cet hiver, c’était que Michael recouvre la vue, et continue de m’aimer malgré tout…
Quand il m’embrassa en me souhaitant une bonne nuit, je me dis que la réalité, parfois, a le goût du rêve.

La veille de Noël, je vins patiner sur l’étang avec Michael. En attendant que l’étang soit tout à fait désert, nous bavardions, assis sur notre rocher.

– Tu sais, dit Michael, depuis quelque temps, je peux deviner l'humeur des gens rien qu'au contact de leurs mains. Par exemple, quand Mme Morgan est venue au magasin hier soir, j'ai senti comme un tremblement dans ses doigts, et je me suis dit qu'elle était soucieuse. Et aujourd'hui, j'apprends que son mari vient de perdre son travail.

– Donc, ce que disent les livres est vrai. Les aveugles ont perdu la vue, mais leurs autres sens se développent.

Il éclata de rire :

– Alors, prends garde ! J'en sais beaucoup plus sur toi que tu n'imagines !

Je me hâtai de changer de sujet :

– Parle-moi du temps qu'il fait !

– Tu veux dire, à quoi ça ressemble, dehors, en ce moment ?

– Oui.

– Il y a du soleil. Je sens une légère chaleur, même s'il doit déjà être très bas. Le plus étrange, c'est que je peux deviner l'espèce des arbres rien qu'au bruit du vent dans leurs branches. Les feuilles d'un érable, par exemple, n'ont pas du tout le même frissonnement que celles d'un pin.

– Je n'avais jamais remarqué.

– Je décèle les différences entre les moteurs des

voitures qui s'arrêtent devant la boutique et l'odeur particulière du car de ramassage scolaire, et, hier, tu portais ton collier de coquillages. Je l'ai reconnu au petit bruit qu'il fait.
Puis il remarqua :
– On dirait qu'il n'y a plus personne.
Je parcourus du regard la surface de l'étang et les bois environnants :
– Non, ils sont tous partis.
Il se pencha et me souffla à l'oreille :
– Bientôt, je pourrai te voir, Anna. Pas seulement sentir ta présence, mais te voir.
Mon cœur se serra.
« C'est bien le problème », pensai-je tristement.

## *Chapitre 18*

Le matin de Noël, je descendis ouvrir les cadeaux avec toute ma famille.

À Rutheford, je savais que les palmiers bruissaient dans le vent sous un chaud soleil. Mais ici, pour la première fois, j'allais vivre un Noël semblable aux images des cartes de vœux.

La neige scintillait sur les collines environnantes. Rien ne pouvait être plus beau que Montagne Bleue ce matin-là !

Je n'avais pas désiré venir ici. Mais maintenant je souhaitais de tout mon cœur ne jamais quit-

ter ce pays. Hélène avait raison : la vie nous force parfois à changer, et c'est une bonne chose.
Je fus la dernière à descendre. Hélène et papa avaient décidé de fermer l'auberge pour quelques jours, et j'étais bien contente de ne pas avoir à fêter Noël avec des étrangers. Je n'eus pas à me demander longtemps ce que serait mon cadeau : sous le sapin, je vis tout de suite une superbe paire de skis. Et dans un gros paquet je trouvai un équipement complet.
– Oh, j'ai hâte de montrer tout ça à Sarah ! m'écriai-je. Elle a promis de m'emmener sur les pistes !
Papa fut ravi de mon cadeau, un livre d'or pour nos hôtes. Et Hélène sembla vraiment apprécier le chemisier en soie que j'avais choisi pour elle. Je tendis son cadeau à ma grand-mère. C'était un peignoir de bain qui lui fit pousser des oh ! et des ah ! d'admiration. Mais j'étais quasiment sûre qu'elle le garderait précieusement dans un tiroir et continuerait à utiliser son vieux peignoir tout décati ! Après un plantureux petit déjeuner, je pris le chemin de la boutique. La première chose que je vis en poussant la porte fut un grand sapin de Noël décoré et fleurant bon la forêt.
– Il te plaît ? demanda Michael. Je l'ai décoré moi-même !
– Il est superbe, dis-je, tu peux être fier !

Nous nous assîmes près du sapin. L'odeur du café préparé par Mme Cartwright emplissait la pièce.
– Je t'ai apporté quelque chose, dis-je en lui mettant un paquet dans les mains.
Je le regardai arracher le papier d'emballage avec un peu d'anxiété.
– C'est une écharpe bleu roi avec des motifs jaunes et rouges, expliquai-je tandis que Michael l'enroulait autour de son cou. Ça ira bien avec ton blouson.
– Merci, Anna, murmura-t-il. Cela me rappellera toujours les heures que nous avons passées ensemble à l'étang.
Je défis le paquet qu'il m'avait tendu à son tour.
– Un journal intime ! m'écriai-je en ouvrant la petite serrure dorée. Comment savais-tu que j'en rêvais ? J'écris dans mon agenda !
Il rit :
– Sarah me l'a dit. Quand je lui ai demandé si elle avait une idée, elle m'a tout de suite parlé de ton agenda bourré de phrases dans tous les sens ! Tu es contente ?
Je tournai l'album entre mes mains :
– Je l'adore, Michael !
Michael et sa mère étaient nos invités pour le dîner de Noël.

Comme nous sortions de la boutique en fin d'après-midi, Michael respira profondément l'air frais et déclara :
– C'est une belle journée, je le sens.
Puis il ajouta :
– Je sens aussi mon estomac. Il grogne de faim !
Et tapotant du bout de sa canne le sol gelé, il prit à mes côtés le chemin de la maison.

## *Chapitre 19*

Bien que ce fût un dimanche, je m'éveillai tôt le 3 janvier. Ce jour-là, Michael se rendait à Boston avec sa mère. Le lendemain, il devait entrer à l'hôpital, et l'opération était prévue pour le 5. Je descendis à la cuisine prendre mon petit déjeuner et prévins grand-mère que je sortais. Ses sourcils s'arquèrent de surprise :

– Si tôt ? Ah, je comprends, tu vas dire au revoir à Michael !

Je secouai la tête :

– Je lui ai dit au revoir hier soir. Ils sont sûre-

ment partis, à cette heure-ci.
– Je souhaite de tout cœur que tout se passe bien ! murmura grand-mère.
Les mains dans mes poches, je pris à pied le chemin menant à l'étang. La neige tombait à nouveau, enveloppant le bois d'un étrange silence. Combien fallait-il de flocons pour former cette épaisse couverture, éblouissante de blancheur, qui craquait sous mes pas ? Je m'assis sur notre rocher et contemplai l'étang désert. Avec la neige, plus personne ne venait patiner. Tout le monde était sur les pistes de ski. J'avais besoin de réfléchir en paix. Les deux derniers jours avaient passé comme un tourbillon. Pour la fête du nouvel an, nous avions dîné ensemble, Michael, Sarah, Bob et moi.
Puis nous nous étions rendus à la fête de Bruce. J'avais très peur de cette soirée, craignant que ce ne soit une épreuve pour Michael. Mais tout s'était merveilleusement passé, ses amis l'avaient entouré, heureux de l'avoir à nouveau parmi eux. Le lendemain, j'avais aidé Mme Cartwright à mettre la boutique en ordre avant leur départ. Il était déjà tard quand elle m'avait déposée devant l'auberge. Michael et moi n'avions pas eu un instant en tête à tête.
– Tu m'attends une minute, Maman, avait-il

demandé. J'accompagne Anna jusqu'à sa porte. Elle pouvait nous voir de la voiture, aussi notre au revoir avait-il été rapide. J'avais réussi du moins à ne pas pleurer.
– Tu vas me manquer, avait-il murmuré en caressant ma joue.
– Tu me manques déjà, avais-je soufflé.
Je l'avais serré un instant dans mes bras. Puis il s'était détourné et avait marché vers la voiture, sa canne blanche tâtant le sol devant lui.
J'avais tant de choses à lui dire, et je n'avais pas trouvé l'occasion. « Mais après tout, pensai-je en fixant l'étang désert, c'était peut-être mieux ainsi. »
Je fermai les yeux, écoutant le frémissement du vent dans les pins. Je les ouvris en entendant un petit cri d'oiseau. C'était un moineau solitaire, perché sur un buisson.
Michael m'avait dit qu'il ne m'appellerait que si l'opération était un succès. Je le comprenais. Je n'avais plus qu'à attendre.
Je fermai de nouveau les yeux, goûtant la caresse froide de la neige tombant sur mes joues. Soudain, j'entendis un bruit de pas. Je me retournai. C'était Michael, venant sur le sentier avec sa canne.
– Michael ? criai-je. Je te croyais parti !

Il secoua la tête. Son haleine formait un nuage de vapeur blanche dans l'air glacé.
– Je suis venu te dire au revoir. Nous sommes passés à l'auberge, mais ta grand-mère nous a dit que tu étais sortie.
– Comment as-tu deviné que j'étais ici ?
Il rit :
– Où pouvais-tu bien être, sinon ici ?
Sa réponse me fit sourire, mais je me sentais triste. Je le pris par la main, le forçant à s'asseoir près de moi.
– Michael, j'ai quelque chose à te dire. Quelque chose de très important que j'aurais dû te dire il y a longtemps.
Il fronça les sourcils et repoussa sa casquette rouge en arrière.
– Tu me fais peur, Anna.
Je mis ma main sur son bras, et, prenant une profonde inspiration, je me décidai :
– Tu te souviens, Michael, un jour je t'ai dit que j'étais blonde avec des yeux bleus… Eh bien, c'était un mensonge. Mes cheveux sont châtains, un châtain très ordinaire. Quant à mes yeux, ils sont marron, tout ce qu'il y a de plus banal aussi.
J'étais presque hors d'haleine, mais rien ne pouvait m'arrêter maintenant que j'étais lancée :
– J'ai des oreilles trop grandes, et des taches de

rousseur. Ce que j'essaie de te dire, Michael, c'est que je ne suis pas… que je ne suis pas…

– Tu n'es pas Lisa, je le sais, dit-il en m'entourant de son bras. Je l'ai toujours su.

– Tu… ?

Il approuva de la tête :

– Pour moi, tu as toujours été Anna. Et je ne désire pas que tu sois quelqu'un d'autre. Le lendemain de l'orage, tu te souviens ? j'ai demandé à maman de te décrire. Sais-tu ce qu'elle a fait ? Elle a ouvert un paquet de noisettes et m'en a mis dans la main. Elle a demandé : « Tu te souviens de leur couleur ? Les cheveux d'Anna leur ressemblent. » Puis elle m'a fait toucher sa bague : « Et mon émeraude, tu t'en souviens ? Les yeux d'Anna sont d'un brun profond avec de petits reflets comme ceux de mon émeraude. » Tu vois, je savais à quoi tu ressemblais !

Je restai muette. Ainsi, depuis le début, il savait !

– Anna ? Ça va ?

Les larmes emplissaient mes yeux.

– Anna ?

– Je… j'ai eu si peur que tu ne m'en veuilles… de t'avoir menti, dis-je en reniflant.

– T'en vouloir ? Je n'ai aucune raison de t'en vouloir !

– Et tu ne seras pas déçu quand tu me verras ?

Les larmes débordaient sur mes joues.
Il me serra plus fort et je me laissai aller à sangloter, le nez dans son blouson. Il attendit que je sois un peu calmée, puis il dit :
– Anna, quoi qu'il arrive, jamais tu ne me décevras, crois-moi.
Nous remontâmes côte à côte le chemin jusqu'à la voiture où sa mère attendait. Puis je les regardai s'éloigner sur la route menant à l'aéroport, sur la route menant Michael vers cette opération qui, d'une façon ou d'une autre, déciderait du reste de sa vie.

De nouveaux hôtes arrivèrent à l'auberge et je donnai un nouveau coup de main à la cuisine et à l'entretien des chambres.
Les jours passaient, et je commençais à craindre le pire. Michael n'appelait pas. Il avait été opéré le mardi. Il faudrait une semaine au moins avant qu'on puisse lui retirer ses pansements. Je m'exhortais donc à la patience et m'occupais l'esprit comme je pouvais. Sarah m'apprenait à skier et j'avais déjà fait assez de progrès pour descendre avec elle les pentes les plus faciles.

Puis il fallut retourner au lycée, et chaque matin, dans le car, je revenais à mon idée fixe :

– Je me demande si Michael va m'appeler aujourd'hui…
– Tu me fais penser à un disque rayé, soupirait Sarah.

Deux semaines étaient passées maintenant, trop de temps pour que je puisse encore espérer. J'aurais voulu appeler l'hôpital, mais je n'en trouvais pas le courage. Chaque soir, en descendant du car, je me ruais à la cuisine :
– Alors ?
Mais grand-mère, Hélène ou papa secouaient négativement la tête :
– Non, rien.
Alors je montais dans ma chambre en essayant de retenir mes larmes. Si l'opération avait réussi, Michael m'aurait appelée. Il était temps que je regarde la réalité en face : le garçon que j'aimais resterait aveugle.

Le samedi 23 janvier, dix-huit jours après l'opération, le téléphone sonna. Mon cœur se mit à cogner dans ma poitrine. Grand-mère décrocha et je retins mon souffle.
C'était Laura qui me proposait d'aller patiner avec elle.
Je n'étais pas retournée à l'étang depuis le départ

de Michael. Mais comme je n'avais pas grand-chose à faire, j'acceptai.
Nous avions patiné pendant deux bonnes heures. Laura était très forte, et je la regardais avec envie enchaîner vrilles et axels. Quand elle décida de rentrer, je restai un peu à l'étang pour m'entraîner. Il était déjà tard, et je me retrouvai très vite seule. Je pus ainsi m'essayer à quelques figures maladroites sans personne pour rire de moi. Je n'étais pas si mauvaise en patins, mais j'avais toujours peur de me casser la figure devant tout le monde. Seule, je devenais plus audacieuse.
Je fredonnais dans ma tête la musique de *Casse-Noisette* tout en patinant. Mes joues et mon nez, glacés par le vent, étaient devenus tout rouges. Soudain, j'entendis des applaudissements. Mon image de ballerine tomba en miettes et j'ouvris les yeux. Quelqu'un me regardait, trop loin sur la rive pour que je sache qui c'était. Je m'approchai lentement.
À mi-chemin, je le reconnus.
– Michael !
Il était là, aussi grand, aussi beau que dans mon souvenir. Et il n'avait pas de canne blanche à la main.
– Tu es revenu, dis-je d'une voix tremblante.

Il marcha vers moi lentement, et l'espace d'une seconde, mon cœur s'arrêta de battre.
– Tu n'es pas si mauvaise patineuse que tu le prétends, dit-il.
– Michael, tu… tu me vois ?
Il hocha la tête, souriant :
– Et c'est un très joli spectacle !
Je courus vers lui sur la pointe de mes patins et me jetai dans ses bras.
– Oh, Michael, je suis si heureuse ! Mais pourquoi ne m'as-tu pas appelée ? Je me suis fait tellement de souci !
– Le chirurgien voulait être sûr que ce soit définitif. J'ai dû passer des tas de tests et…
Je ne le laissai pas finir sa phrase et lui fermai la bouche avec un baiser. Il me prit par les épaules et me tint devant lui longuement :
– Laisse-moi te regarder. Oh, Anna, pourquoi étais-tu si inquiète ? Tu es belle !
Je cachai mon visage derrière mes mouffles.
– Même avec un nez rouge ?
Il éclata de rire :
– C'est le plus ravissant petit nez rouge que j'aie jamais vu ! Viens, je connais quelqu'un qui va te faire une bonne tasse de chocolat pour te réchauffer !
J'enlevai mes patins qu'il prit sur son épaule et,

main dans la main, nous remontâmes le sentier. Je regardais les grands sapins tout couverts de neige et je pensais que la réalité était plus belle que tous mes rêves d'hiver.

FIN

*Impression réalisée sur CAMERON*
*par BRODARD ET TAUPIN*
*La Flèche*
*en septembre 1997*

*Imprimé en France*
Dépôt légal : Septembre 1997
N° d'Éditeur : 3073 – N° d'impression : 6562S-5